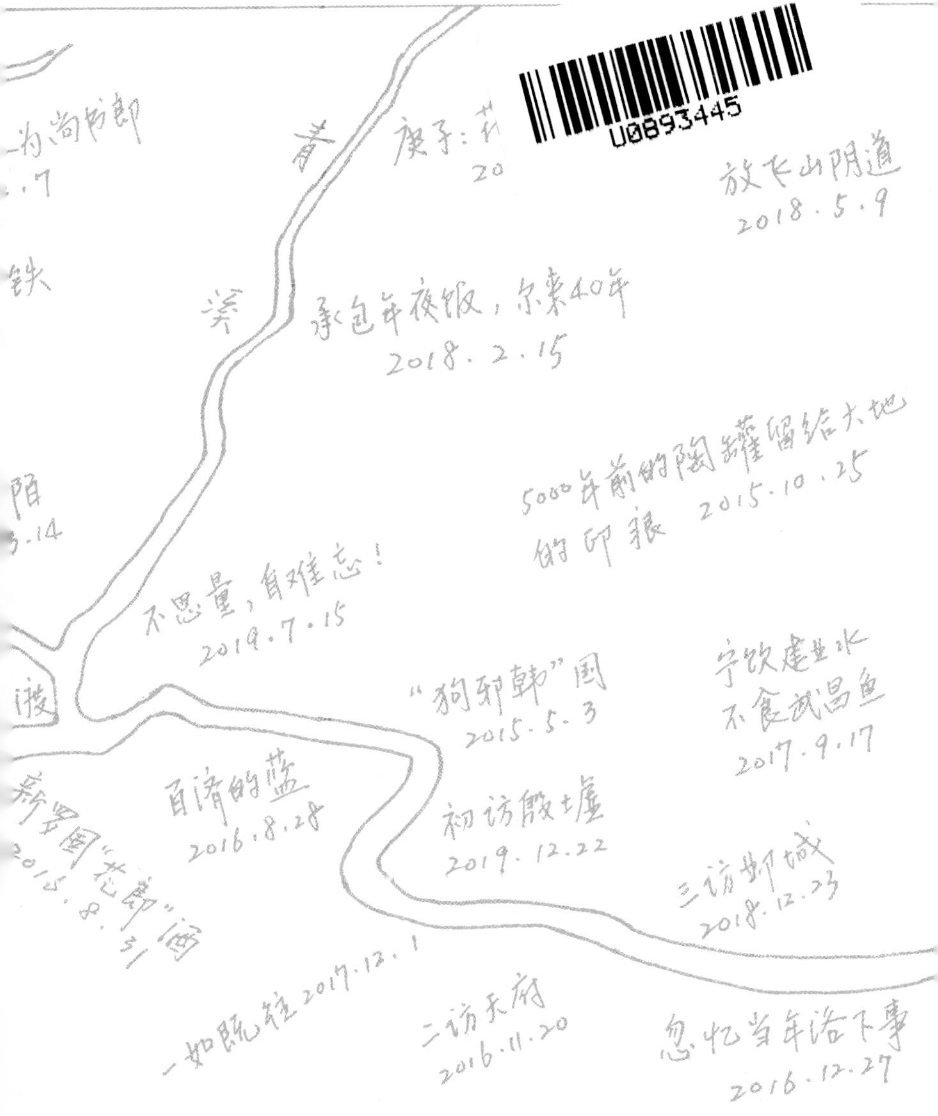

为尚书郎
庚子：
放飞山阴道
2018.5.9
铁
承包年夜饭，尔来40年
2018.2.15
5000年前的陶罐留给大地的印痕
2015.10.25
陌
不思量，自难忘！
2019.7.15
"狗邪韩"国
2015.5.3
宁饮建业水
不食武昌鱼
2017.9.17
百济的蓝
2016.8.28
初访殷墟
2019.12.22
三访邺城
2018.12.23
新罗国"花郎"
2015.8.31
一如既往 2017.12.1
二访天府
2016.11.20
忽忆当年洛下事
2016.12.27

一　位　学　者　的　日　常

书房的朋友圈

张学锋◎著

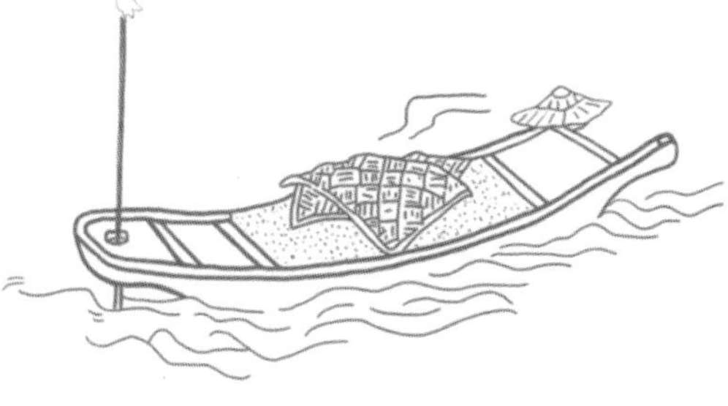

山东人民出版社·济南

图书在版编目（CIP）数据

麦舟的朋友圈：一位学者的日常/张学锋著. --济南：山东人民出版社，2021.4
ISBN 978-7-209-11392-2

Ⅰ.①麦… Ⅱ.①张… Ⅲ.①随笔－作品集－中国－当代 Ⅳ.①I267.1

中国版本图书馆CIP数据核字(2021)第042194号

麦舟的朋友圈：一位学者的日常
MAIZHOU DE PENGYOUQUAN: YIWEI XUEZHE DE RICHANG
张学锋 著

主管单位 山东出版传媒股份有限公司
出版发行 山东人民出版社
出 版 人 胡长青
社　　址 济南市英雄山路165号
邮　　编 250002
电　　话 总编室（0531）82098914
市场部（0531）82098027
网　　址 http://www.sd-book.com.cn
印　　装 天津图文方嘉印刷有限公司
经　　销 新华书店

规　　格 32开（130mm×185mm）
印　　张 12
字　　数 200千字
版　　次 2021年4月第1版
印　　次 2021年4月第1次
ISBN 978-7-209-11392-2
定　　价 69.00元

前言

我原本是个“机盲”，在电脑、手机等电子产品的使用上要比周围人慢一拍，即使现在，都还处在扫盲班刚毕业的阶段。

但时代在进步。身为高校教师，与学生之间的日常交流必须跟上他们的步伐，因此，从邮件、短信、飞信，到如今利用智能手机的QQ、微信聊天，一步步，都是在学生的诱导下学会的。

我原本就有写日志的习惯。在掌握了微信朋友圈的功能之后，日志的内容与形式也发生了变化。传统的日志，多为夜晚灯下对一天或几天的回顾，而朋友圈的内容则多为寓目瞬间的感悟。有些感悟，稍纵即逝，而发送朋友圈，却能在很大程度上图文并茂地抓住这种瞬间的感悟，既可留给自己，亦可分享给亲友，更能够得到亲友的反馈，从而体味感悟的深度。

正是因为有以上的想法，在较长一段时间内，我很用心地“经营”着自己的朋友圈。我平时很少转发，因为重要的新闻、言论及学术信息，转发的人自然很多，无须我再去操这个心。偶尔也晒一下弟子们的学术成果，因为这些成果多少也包含了自己的心血。除此以外，则皆为自己的日常生活感悟，从不刻意创作，大凡读书思考、讲坛执鞭、学术交友、田野行走、城乡风物、赡老养幼、四季饮食，在朋友圈中均有涉及，基本涵盖了自己生活的全部。

不少亲友认为我的朋友圈原创性高，建议公开出版，以便分享给更多的读者。在2020年春天这个特殊的环境下，因山东人民出版社崔敏女史的再次鼓动，我决定付诸实施。于是，从2014年秋天开始使用微信至2020年7月的朋友圈中，选择了感悟尤深且不忤当世的128条编成了此书。

收入本书的朋友圈，内容上由原文、图片、评论精选、补记构成。“原文”是当时发送朋友圈的感悟，虽具有即时性，但不在当时境遇下的读者可能一下子难以理解；而且为了节省文字，不少内容都采用了文言文或打油诗的形式。为了帮助读者阅读，编辑本书时在文末增加了“补记”，简要说明发送朋友圈时的背景，介绍相关图片、相关知识以及编辑本书时的些许感悟。受本书篇幅与开本之限，原本的“九宫格”图片难以全部刊出，因此编辑时尽量删除内容相近的图片，保留能说明“原文”和“补记”的图片。除极少数的几张图片因说明需要借用了他人之作外，书中出现的图片均是我自己用手机拍摄的。为竭力避免侵害他人肖像权，图片原则上不选用个人影像，只限于公开场合下拍摄的多人合影。“评论精选”部分，也因涉及各位亲友的姓名等隐私，因此大部分换成了亲友本人设置的昵称或微信名，小部分采用了日常交往中的习称。

最后，还需交代一下书名中“麦舟”一词的由来。

我出生在南京，成长在苏州，高中毕业后考取南京大学，又回到南京，并在这座城市生活了40年。我的祖籍是江苏省丹阳县南门外麦溪村，村东为三国孙吴时期开凿的人工运河简渎，今称“简渎河”。据家族的传承，北宋范仲淹之子范纯仁（字尧夫）曾在此以舟麦五百斛相赠困顿文士石曼卿，故有“麦舟之赠”之说。曼卿因余资建桥渡人，水曰“麦溪”，桥曰“麦溪桥”，村亦因以为名。丹阳县旧名“曲阿县”，又名“云阳县”，自明朝以来，族中凡有科考功名者，均可自称“云阳麦舟子”。我也算是个有“功名”的人，因此继承祖制，缪用“麦舟”之号，以期克隆堂构，不坠家声。

目录

2014年

矮脚青梗菜

2014年10月25日

好久没感受江南的田园了。这种青菜叫“矮脚青梗菜”，霜降以后，味美称绝。夕阳下，看到周遭粉墙黛瓦的乡村，思绪仿佛飞回了童年时代。

图1	图2
图3	图4

评论精选

朱子槿：这乡村景色，令人心醉！

克克：南京有一种青菜叫“矮脚黄”，打霜后特别好吃。

松斋：老师在哪儿呀？我和室友昨晚还在讨论这种青菜现在甜甜的了。

默龕：我们叫“上海青”。

固体胶：我们家管这个叫“黑黑白”，味道确实好，连我这种不爱吃蔬菜的都爱吃。

鬼脚七：任逍遥，不问世间事，只饮杯中酒！

亦陶：那个村子的房子很好，比我们家乡附近农村的房子好看多了。

麦舟回复亦陶：浙江乡村土豪的宅子确实有些令人不好意思说啥。

吉儿：噢，超级别致的江南水乡味道，外加夕阳无限好，超赞。

飞狐：悠然见南山。

补记

受京都大学邀请，2014年11月至次年2月在彼处任客座教授。临行，回姑苏辞别父母。弟弟安排我们在穹窿山下的农庄品尝藏书全羊宴。周遭一派田园风光，虽有几朵樱花反季节地开着，但毕竟已是深秋，夕阳下多少有些惨淡，而园圃里的各种蔬菜则应着时令，茁壮成长。藏书是苏州西郊乡村名，藏书人烹饪的羊肉号称苏州一绝。

都说“苏州人不断青，杭州人不断笋”。一年四季，在苏州人的餐桌上，青菜都不会缺席。按菜的个头大小又有“鸡毛菜”“小青菜”“大档菜”“大青菜”等不同称呼。尤其是秋冬霜打以后的大青菜，几乎是每餐的必备。苏州的大青菜，根短叶大，肉质肥厚，茎叶墨绿，当地人称“矮脚青梗菜”。金陵的“矮脚黄”，松江的“上海青”，口味上根本无法与之匹敌，吴江庙港一带产的香青菜只能算差强人意。

1988年秋天，我携母亲和妹妹首次去北京。三天未食青，眼前冒火星。入店坐定，特地向店家要了份炒青菜。坐等良久，等来的却是一盘炒四季豆。原来，京里人将绿色蔬菜都称为“青菜”。

再回母校

2014年11月14日

再回母校，如秋风荷塘，虽此心依依，然故人难遇。人生第一次有了个人研究室，虽然目前还是空空如也，但这毕竟是第一次。

图1	图2
图3	图4

评论精选

松斋：老师一回母校就变得更帅了呢。

萧蓝逸：南大教授也不能一人一个办公室吗？

TONG. Ling：种桃道士归何处，前度刘郎今又来。

辉色记忆：一下就看到研究室的冰箱，标配啊！

常仪：一眼只看到冰箱。

本草回复文静：咱们不是从这个门进的吧？另，这条朋友圈人气好高，赞！

本草：脑海里突现掌门手持某杯在昔日寮前唱寮歌的画面。

石洋：回北京后很难再找到京大文学部图书馆的那种归属感了。

紫米山药：转我闺蜜原话：令掌门好帅好精神哦。

wuyj18：教授下周回南京吗？这两天菊黄蟹更肥，准备下周去南京，邀二三知己共同品尝。

麦舟回复wuyj18：待到明年桃花时，蒌蒿香干就鳜鱼。

堃堃：从母校到母校。

补记

1993年4月23日踏进京都大学校门，2001年3月30日离开京都。进校时31岁，离校时38岁，人生最好的时光都托付给了这座学府和这座城市，总计两千九百多天。此前也数次返回，但多是来去匆匆。此次终有机会在此长住执鞭，会师访友，然诸师或已驾鹤西去，或已退隐故里，同门亦散落各处。风景不殊，却有山河之异，不胜唏嘘。

听闻前不久有京大学生跑到东京游行抗议，可能做过火了，警察进校找人，但被学生围堵在校门之外。学生在校门内外立上了“京都府警必须谢罪”“公安警察禁止入内”的标语牌。（图1、图2）

京洛秋色

2014年11月16日

有客命我拾红叶，著屐独上云母坂。落地华精皆魂散，翻然枝头不敢采。唯留数帧秋色卷，寄与桑梓慰旧侪。

图 1	图 2
图 3	图 4

评论精选

清河旧望：我以前曾采枝头樱花作标本，惭愧啊！

左帅：枫红京都，此季最宜人。

紫米山药：我与我师有个叶子之约。

松斋：俺与俺师亦有叶子之约。

本草：为“不敢采”点赞，看了照片好想去一趟。

文债七十万：低调大气上档次，对此欲赞已忘言。

朱子槿：虹一般的叶儿，就那样躺在枯山水的怀抱里。又是一片晚霞落地的声音。

堃堃：洛下无所有，聊寄一叶秋。

补记

公元794年，日本将都城从长冈京迁往平安京（京都），1868年明治维新时再迁往江户（东京），京都作为日本都城的岁月长达1075年。我到京都的次年即1994年，纪念迁都1200年的大型文物展“大唐长安展”在京都文化博物馆举行，给我留下了深刻的印象。

中国唐朝有东西两个都城，西京长安，简称“京”，东都洛阳，简称“都”。平安京完全模仿唐朝都城而建，但国中又无须建设两个都城，于是以平安京的南北中轴线朱雀大街为界，西半部称“长安”，东半部称“洛阳”，两者合起来称“京都”。此后京都西半部渐衰，东半部繁盛至今。如今，“京洛”“洛阳”“洛下”等依然是京都的雅称。

我在京都八年，前三年寓居京大校园稍北的元田中若竹寮。这一带曾是王国维留居京都时的居处，当时的建置为爱宕乡田中村。后五年居住在京都东北比叡山麓修学院离宫近侧的云母坂。这一带除天皇家离宫外，尚有曼殊院、赤山禅院等名刹，音羽川穿流而过，郊野风致尚浓，被政府指定为“历史风貌保存区域”，是京都深秋赏枫名所之一。

京大学园祭

2014年11月22日

每年秋天，日本各大学都有被称为“学园祭”的校园活动，实际上是学生自主的狂欢节。京都大学的学园祭安排在每年的11月20日前后，因此又称“十一月祭”。吉田校区的操场被开辟成主会场，京大正门外的东一条街上人山人海，来校园欢乐的学生远多于上课的时候。兜售叫卖学生自制的食物，各种才艺表演，各种行为艺术，没有做不到的，只有想不到的。学园祭既是大学生的狂欢节，也给附近的居民带来很多快乐时光。很多大人在此悔恨当初没能考上京大，很多孩子在此立志要考上京大。校方不干涉，不限制，只是在一旁默默地做好医疗救治的准备。人再多，垃圾的分类回收绝不怠慢。

评论精选

考古学不在家：动漫里最让人向往的环节，好多好吃的。

西茉纳：坐在被炉里吃蜜橘，绘团扇。

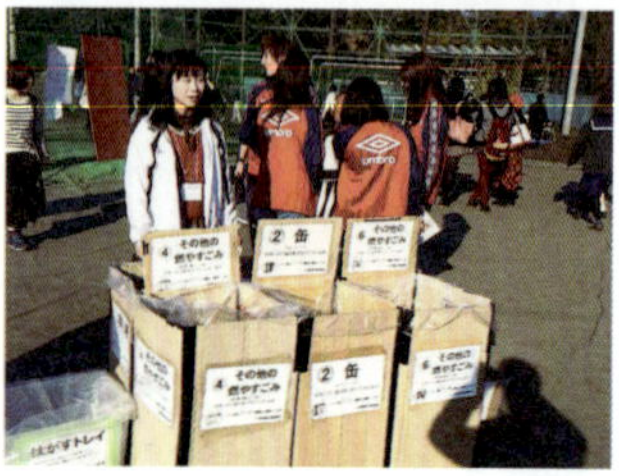

图 1	图 2
图 3	图 4
图 5	图 6

问庐：司其职，安其分，该玩玩，该吃吃。

红雨：懐かしい，太怀念了！

麦舟回复红雨：想起二十多年前跟大家一起包水饺售卖的情景，那时我们还年轻。

本草：我也是在体验过某大学的学园祭后，深感出国留学的必要性。

时装怪物：还是第一次看到京大学园祭的场景，秋空红叶，太赞了！

补记

每年的11月23日是日本的国定假“勤劳感谢日”，加上周末两天，形成三连休小长假。在这前后，来京都观赏红叶的游客数量达到峰值。京都大学的学园祭也在这三天内举行。

20世纪90年代末的那两年，学位论文准备得差不多了，我也得闲参加了中国留学生的出摊活动。中国留学生的拿手名吃无疑是手工水饺，200日元一份，一份5只。记得当年每天都要剁馅和面，擀上数千张饺子皮。看着自家摊位的盛况，斜视其他摊位的冷寂，心中喜忧参半。

2015年

掩卷过新年

2015年1月1日

左拥东山雪，右临白川水。斗室怀春意，掩卷过新年。

愿新的一年如今日般安宁祥和！

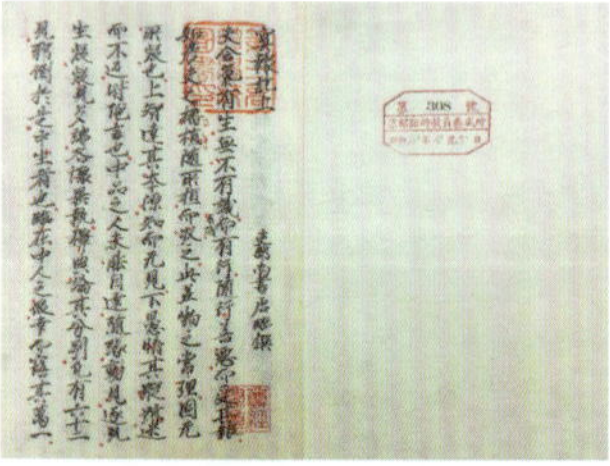

图1　图2

图3　图4

评论精选

飞狐：好美的雪景，张老师农历新年也在京都过吗？

费家：张老师，新年快乐！京都的雪好大呀！

卓美：安静祥和！

joy：哇，好大的雪，这才有过新年的感觉。

固体胶：风雪山神庙。

景天回复固体胶：小二，来一斤牛肉，再打二角酒来！

本草：原谅我，我的第一反应是温酒，吃豆腐。

本草：老师，岚山的那个森家豆腐，您得空尝尝呗。

松斋："斗室怀春意，掩卷过新年"这两句真让人动心呀！

问庐：远望北湖水，近拾南雍叶。学堂忽掩卷，遥想异乡人。

麦舟回复西茉纳：下雪了，四周安静极了，偶尔传来晚归人的脚步声。这是东山净土寺的雪夜。

西茉纳回复麦舟：我以前以为下雪是有声音的，扑簌扑簌，后来才发现跟听觉没有关系。

蕲春波：何如虬髯客，兰若镇鬼狐。一夕红拂奔，扶桑作东吴。

石洋：小窗多明使我久坐，白云如带有鸟飞来。

补记

日本自明治维新以来，废除旧历，改用西历，所谓的“正月”，也就是西历的元月了。此次来京都，借居净土寺南田町。窗含东山，抬眼即是盂兰盆节送火的大文字山；道临白川，侧耳便闻淙淙溪流的欢乐之声；近侧有银阁寺、法然寺等名刹，又有哲学小道等先贤足迹。2015年元旦前后，京都大雪，远处山色壮丽，院内积雪盈尺，偶有踏雪的屐声传入斗室。这样的时节，温酒，煮茶，横卧，开卷，诸事皆宜。

琼花、绣球与紫阳花

2015年4月18日

曾误绣球为琼花。茱萸渡头夕阳斜。

图4，琼花；图5，绣球花；图6，紫阳花。

图1	图2	图3
图4	图5	图6

评论精选

酒缸：牡丹虽小情谊深，此花开过再无花。

鬼脚七：世界那么大，大家都想出去看看。

松斋：琼花是扬州市市花哟。

西茉纳：长得像的这几种花中，还是木绣球最好看。

何老师：绣球原本似琼花，茱萸自新阳自斜。

红雨：我也一直以为绣球是琼花呢，第四张才是琼花，对吧？

高明：茱萸湾好地方，扬州的中小学春游必去的地方，但与运河相关的历史没多少人知道了，知道的只剩下茱萸湾动物园了。

补记

扬州考古所小院内种了一株牡丹，虽不大，但也花团锦簇（图1）。弟子刘刚让去看花，想着烟花三月正是下扬州之时，便与诸弟子驱车前往。考古所看牡丹当然是借口，目的在走访从未到过的茱萸湾。茱萸湾不仅名字好听，也是历史上运河的重要节点。黄昏老街的夕阳，犹如这座小镇，日趋落寞（图3），今天的“大运河文化带”建设势必给茱萸湾带来巨大变化。

沿途看花，终于弄清了琼花、绣球花、紫阳花的异同。琼花（图4），忍冬科荚蒾属。绣球花（图5），虎耳草科绣球属。紫阳花（图6），虎耳草科紫阳花属。琼花与绣球、紫阳花都不是一个科的植物。绣球、紫阳虽然同科但不同属，绣球是乔木，又称“木绣球”；紫阳是草本，不知是否应有“草绣球”之称。

“狗邪韩”国

2015年5月3日

学术民工赴“狗邪韩”国上番。番者，番役。唐制，不上番者，每日出绢五尺，是为庸。出不起庸的，只能自行践役。“狗邪韩”国餐馆后院里的泡

图 1	图 2
图 3	图 4

菜缸，累累如瓮棺。睡在挂有巨大白猫剪影的莫泰尔宾馆，总觉得被偷窥。从釜山，经烟台，追逐夕阳回金陵。

评论精选

文债七十万：戍卒丹杨郡秣陵县阳光里公乘。

麦舟回复文债七十万：此行戍真番，烟阔过居延。

固体胶：现在都管学术民工叫“科研狗”。

清河旧望：请南大改用募役制，多用壮丁。

麦舟回复清河旧望：正因为南大引进壮丁，老男只有远赴海东就食。

红雨：到底是考古学家，联想到的都是棺材。然而，为什么称其为“狗邪国”呢？

柯南：这不是狮子座的符号嘛，萌化成了猫啊。

补记

这一条里有太多专有名词，需要做些解释。

从秦汉到唐朝，每个成年男子每年都得给国家无偿服役20天到一个月，因大家轮番服役，故又称“番役”。去服役叫“上番”，就是我们今天的“上班”，

“番”“班”二字，汉唐时的读音完全一样。家有资产不想上番的，可以出绢代役，缴纳的绢被称为“庸”，就是租庸调的“庸”。出不起的只能自己去上番。

“狗邪韩”国绝不是对韩国的辱称，是《三国志·东夷传》所见半岛南端今釜山、金海一带的古国名，是诸韩中的一个，读音近似Ku-zia。今金海市近海的巨济岛，就是“狗邪韩”国的核心区域。受仁济大学赵胤宰先生（现高丽大学教授）之邀，参加加耶文化研讨会，提交会议的论文《从“狗邪”到“加罗”——对朝鲜半岛南部早期历史的思考》讨论的正是这些问题。

栀子花开

2015年5月29日

栀子倚隅开，斗室传幽香。相伴尽朝夕，道是梅雨来。

评论精选

边昕：您的栀子花是怎么养得这么好的？最近我刚养死一盆。

西茉纳：四月初在花市买了一盆，不过半月，就叶脉枯黄委顿，早知等花要开的时候再买了。

松斋：满室花簇簇，闻得许多香！

左帅：栀子的香，应可解疲倦。

怀平：白色花朵是自己开的？

麦舟回复怀平：难道是我挂上去的！

柯南：第三图可名曰“谈笑风生”。

俩俩：墨镜插在白衬衣口袋里，帅！

补记

数日来，会议、考察、臧否、得罪，不知不觉，家中已是花满枝头。会议期间，为参会代表讲解西善桥后头山东晋张迈家族墓发掘现场（图3）。参访西善桥街道开辟的小型博物馆，院内竟然躺着南朝大型墓葬的石门、石棺床（图4）。次日，陪前来参会的中村圭尔、小尾孝夫等先生考察江北的六合瓜埠山（图5），山上有与北魏太武帝南征有关的“佛狸祠”，惜门禁不得入。滁河从这里入江，与江南的江乘浦（今仙林九乡河，入江口在栖霞山与落星山之间）相对，是秦汉六朝时期长江下游重要的渡口。

院子里的枇杷熟了，六七月的梅雨季节也就将近了。

图1
图2
图3
图4
图5
图6

越府山阴雨后

2015年6月16日

湿漉漉的江南梅雨季节，与完成了大学学业的学生们来越府山阴（浙江绍兴）毕业旅行。

图1	图2
图3	图4

登高临望，或是极目连甍，或是炊烟袅袅。走街串巷，又可见马家台门、宋家堂前。一切都成过往，唯留白发老妪在，闲聊天宝风流事。

评论精选

何老师：逍遥人游天涯。

固体胶：今天仙林据说人均受水40吨。

宏伟：传统生活成为现代都市最有意境的小品了。

布老虎：张老师未卜先知，也不告诉我们一声跟着一起“逃”。

松斋：第三张真有意境。江南在雨天里视觉效果虽好，但还是不喜欢阴沉沉、湿漉漉、烦闷闷的黄梅天。

补记

答辩完的大四学生都有个集体毕业旅行的愿望，这是班级散伙前的重要活动，2011级历史学院的毕业生选择了浙江绍兴。2014年暑期学校期间，我曾与这个班的同学一起跑了太原、应县、悬空寺、大同一线，尔来交往颇多。所以今年毕业旅行，作为唯一的一位教师，我也受到了他们的邀请。

绍兴古称“山阴县”，历史上为会稽郡、越州、绍兴府治所，历来是浙东中心城市。六朝以来为繁庶之地，名人辈出。山水形胜，景色优美，所谓“山阴道上，应接不暇”。轩亭口、纪念馆、兰亭、鲁镇自不待言，我们还一起去了上虞曹娥江江畔的曹娥庙。曹娥庙之精美留待下次慢慢品，单在庙前江畔小坐静思，雪夜访戴、梦游天姥、谢公屐、越窑器等沉寂于史书中的名物与场景就会被一一点亮。

大禹谟

2015年10月4日

这糕点的名字起得，令人心醉！原来，中国的古典还可以这样被继承！

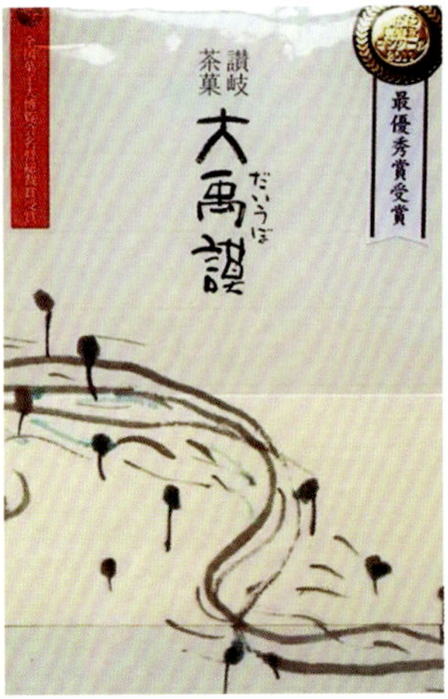

图1　图2

评论精选

麦舟：是“大禹谟”，不是“大禹馍”。

何老师：在保护和传承华夏文化方面，日本确实做得不错。

Hwang：没有驴打滚、狗不理、油炸桧叫起来那么痛快！

堃堃：大禹，好有泥土味的感觉。

清河旧望：大禹谟，大禹馍。

霜林醉：我们只知道赞岐的乌冬面。

岁月印痕

2015年10月25日

5300年前的陶罐给大地留下的印痕。

图1	图2
图3	图4

评论精选

洪顺：我们上学时，老师没把这功夫教给我们。

石洋：头一次见您示范田野工作技法。

望江喻文：啥时候找个机会，拿着手铲，跟老师去工地转悠转悠。

边昕：回到工地好像变年轻啦。

香萬苣2号：实地考察真的很重要，触摸的瞬间不知会不会浮想联翩。

红雨：原来你到现在都还喜欢玩泥巴呀。

Hwang：又见探方，张公威武！我八一级考古薪火不灭，老夫甚慰！

补记

2013级考古学科本科生田野实习安排在安徽郎溪县磨盘山遗址。趁秋高气爽，与教研室的其他几位老师一起前往工地探望田野里的师生。距今约5300年的遗址，遗址旁的聚落是《总有一段时光，虚度在江南》作者耿朔的奶奶老家所在的村子。按发掘规程测量、绘图，摄影结束后取出黑陶罐的陈立林同学，笑容灿烂。经5300年的岁月洗礼，被陶罐压出的印痕留在了大地之上。

立冬，在仙台

2015年11月8日

11月8日，立冬，仙台的街头秋雨潇潇。遥祝任逍遥大婚之喜！

图1	图2
图3	图4

评论精选

松斋：老师真是心念任逍遥啊！

海雯淼淼回复松斋：这句话隐隐透出酸味儿来啊，放心。

辉色记忆：我给你现场直播。

紫米山药：任师兄各种激动和小紧张。

强哥：各位帅哥都神采奕奕。

山口：老师您不会变老，一直都没变。

婴宁：参差错落的颜色，静谧的时空感，好美！

固体胶：看到《中国地方志集成》了，图2右边绿皮的。

Lslay：那一套不是台湾出的吗？南京图书馆四楼有一模一样的。

西溪晴雪：老师一路顺利！期待您再到仙台来，一起去松岛啊！

补记

适社科院考古所钱国祥先生在仙台，我应日本东北大学下仓涉先生之邀，参加在彼处举行的东亚都城会议。2015年11月5日晚往上海，次日飞东京，然后乘新干线到仙台。7日一天会议，8日一行人走访了东北大学及在仙台多贺城遗址上建设的东北历史博物馆，收获颇多。下午飞大阪，然后往京都。

图1，雨中的仙台街道。图2，东北大学东洋史研究室，是冈崎文夫、安田二郎等老前辈授业之处。图中有冈崎文夫当年经常用来取书的木梯，室内冈崎文夫曾经使用的桌子通称“冈崎桌”，研究室至今依然是研究生们读书的场所。图3，江户时代东北地区典型的村长住宅，兼有公共空间的意义。图4，仙台诸子，有我以前的师弟和刚回日本工作的学生。

2016年

官三民四

2016年2月2日

腊月廿四，苏民列队购买汤团。地冻天寒，等候一个半小时，购得鲜肉、萝卜丝汤团30丸。每逢节令，老店名铺，人众列队如蛇阵。左右皆苏民，吴侬软语，谦恭隐让，了无狂躁慌乱之象，恍惚回

图1	图2
图3	图4

到了数十年前。又，江东谚云：“官三、民四、船五。”北人重廿三，称“小年”，其性近官；南人重廿四，其性是民。

评论精选

清香木：姑苏年俗，质朴清雅呀！

武皇：北人不吃咸的汤圆。

小蒋老师：哈哈，我们北方人过“三”，你们南方人过“四”。

江南：吾乡郎溪是廿三，又是吴语区萎缩的一个见证。

左帅：所以安庆过的还是廿四，在外突然廿三，很不适应。

本草：楼上几位北方人竟然都无视这“大苏州”思想。另，目测糕团店是“黄天源”。

麦舟：看到众人的评述，突然觉得，这一条如能留到后世，具有不得了的史料价值啊！

补记

城市居民至今尚能按三时六节来营生的已经不多，但苏州还保留着传统。什么时候吃酱汁肉，什么时候吃𤆵白乌龟（苏州人把鹅叫作“白乌龟”），什么时候吃鸡头米；糕点要黄天源的，冬酿酒（专供冬至前夜的桂花酒）要元大昌的，卤菜要陆稿荐、杜三珍的，苏州人心里都清清楚楚。宁可排队数小时，也要满足这一点点愿望。手里拎着玫瑰猪油年糕（图4），碰到街坊四邻，总会大声说一句：“今朝排队勒浪黄天源买葛噢！”“勒浪”，是苏州话“在”的意思。

评论区不少留言提到这是一条难得的史料，涉及江南区域社会经济史、风俗史等多个领域，但我个人觉得这是一条体现“大江南”或“大苏州”思想的史料，反映了改革开放后外地居民大量南移时江南土著的那种复杂心态。历史上永嘉南渡、靖康南渡之际，又何尝不是如此呢！

赤豆饭

2016年2月3日

廿四夜团子廿五夜饭。所言饭者，专指赤豆饭。江南旧俗，腊月廿五蒸赤豆饭，家人围食，留饭若干。至夜，于家中随处投掷，谓之“饫龙”。

图1	图2
图3	图4

饫，音“玉”，实际上就是喂，“喂”字古音也读“玉”。饫龙，就是喂给龙吃。言家中桌椅板凳、床榻罂瓿、墙脚壁跟无处不神，诸神皆龙之属，饫龙即可遍饫诸神。次日行屠宰，备年矣。

评论精选

任逍遥：我们那边方言“喂”也读作“玉”，好神奇。

辉色记忆：难怪我丈母娘下午拿了一碗赤豆饭到我家，长知识了。

王小烦：第二天是不是还要把地上的饭扫起来？

麦舟回复王小烦：要捡起来的。现在好了，用放果冻的小盒子，一捡就起。

王小烦回复麦舟：捡起来称称分量，看“龙”今年的胃口如何。

本草：日本有立春撒豆子的习俗，不知有无关系。

麦舟回复本草：那是驱鬼，应该是两个系统吧。

俩俩：果冻盒？那不还得先吃几个果冻吗？

麦舟回复俩俩：举例说明而已。

俩俩回复麦舟：哈哈，很好奇明天有啥习俗，和我们的太不一样了。

Hwang：赞一个。现在的伪民俗太多，这种才是真正的老俗，要保护。

补记

家里有耄耋老人，他们对这些旧俗津津乐道。我自己因为学了古典专业，对老人的这些说道还能理解，同龄人可能都没这个耐心听下去，更何况年轻一代呢？这些旧俗，当老的一代西去以后亦当逐渐消失。正像Hwang所说的那样，现在的伪民俗太多，节日习俗被赋予了太多的商业内涵。心中无敬畏，再多的言行，看上去都是苍白的。

姑苏巷陌

2016年3月14日

走过千百遍的姑苏巷陌，今已见而不识。通和、铁瓶，洙泗、镇抚司前，少时穿梭往来的坊巷，皆尽消失，只有一条干将路，往东，再往东，一直指向金鸡湖畔。仓米、柳巷，石头、庙堂，曾是同学的家屋，风流多少。车流中似曾相识的落索台楼，《越绝书》中就已出现的地名，提示我，这里还是姑苏。

评论精选

鹰神：苏州历代繁华处。相对而言，苏州还是全国历史文化保存得最好的城市之一。

Xuezhai002：从小看干将路的默默飘过，干将路对我的意义也仿佛如是。

静水深流：岁月沧桑，现世安好。还是苏州有韵味。

江南：有机会一定要跟着您走走姑苏，听听故事。

飞狐：我又想起来我丧失了一次聆听顶级讲解的机会。

图1 图2
图3
图4 图5
图6

韦悦：物是人非，几分零落。庭前飞燕，三声雀跃。雕檐花枝，四季齐辉。昔日玉华，何以相续？

补记

少时所居古吴路（民国时名“吴县前”或“吴县横街”）66—68号院，据南宋《平江图》，是唐宋龙兴寺旧址，是典型的旧吴县之地（今人熟知的平江路一带是典型的长洲县地）。院内尽是民国建筑，多为在上海经商的苏籍商人购地所置。稍东为明洪武以后的吴县县衙，太平天国时遭兵燹，吴县县衙迁往道前街中段的旧明代府衙西侧。旧县衙遗址今为第十六中学操场。近东为明代大臣申时行家庄园，至今名申庄前。近北为北宋朱长文的乐圃，周边则是景德路、黄鹂坊、吴趋坊等街巷。我上的小学是由纯一道观改建的纯一小学，中学是学士街上由王鏊祠堂改建的十八中学。刚入初中的一天早上，我在古吴路中段的吴县直街口，看到同班的一位漂亮女生拎了马桶走在弹石路上，那一刻感到很美好！

拜庙曹娥江，观瓷上林湖

2016年3月26日

拜庙曹娥江，观瓷上林湖。行路六百里，胜读万卷书。

太湖西岸走，江南二月天。满脑都是具区、濑渚、湖汉、余不、姑蔑、夏驾、下菰、乌程、瓠里这些古怪的历史地名。

评论精选

移东：六百里江山，三千年画卷。

移东：老师，这些地名有没有可能是以前吴越方言音译过来的汉字地名啊？

麦舟回复移东：对，正是。

Hwang：神往之。古今多少越地事，尽在上林瓷片中。

王小简：容我毁一下形象哭喊，我也好想春游，却不得不坐在阅览室里理书。

樊老哥：兢兢业业一书生，勤勤恳恳为谁忙？

图 1	图 2
图 3	图 4
图 5	图 6

补记

2015年带大四本科生来曹娥江毕业旅行后，对浙东念念不忘，今年安排同门研究生春游浙东。在杭州看了“中兴纪胜——南宋风物观止”展后，一行人往绍兴浦阳江畔大善小坞村凤凰山窑址，听郑建明老师讲解孙吴西晋青瓷。上虞观曹娥庙后往慈溪上林湖，听谢馆长讲解荷花芯、后司岙出土唐代青瓷，始知唐末秘色瓷窑口的具体地点。夕阳下，荷花芯龙窑遗址侧旁的上林湖畔，透过清澈的湖水看到的满地瓷片，令人震撼！

当晚酒醉余姚，杨柳岸，晓风残月。次日的时光，将虚度在河姆渡。

天目盏

2016年4月2日

有子送我一只盏，天目兔毫鹧鸪斑。又赠随身素荷包，称可携盏去显摆。

图1

图2

评论精选

克克：去哪里显摆，想跟着！

虎符：兔毫盏日本仿制得较好。

Yvonne：在天福茗茶看中一个，没舍得下手。

于老大：好漂亮！

麦舟回复于老大：在家里坐垫上随手一拍。

强哥：兔子的耳朵长又长。

麦舟回复强哥：你关注的真是不一样。

左帅回复强哥：后面还有大礼花。

羊小卷：怎么觉得我更喜欢盏后面的兔子衬布。

麦舟回复羊小卷：兔儿、蒹葭，是家里坐垫的图案。

亦陶：坐垫好看。

麦舟回复亦陶：玉兔、蒹葭、残月，好个秋。这坐垫用了15年了，敝帚自珍。

王小简：看着略像油滴，美！小布袋更美。

补记

唐中晚期，江西吉州、福建建州一带开始生产黑釉瓷。进入宋代，建州窑烧造出了一种带有窑变的黑釉或酱釉瓷盏，窑变后的纹样呈现兔毫、玳瑁、油滴、鹧鸪斑、曜变等多种形式。同时，北方地区的磁州窑也生产同类产品，这与宋代以后饮茶方式的改变及佛教参禅修行的流行有关。南宋时期，日本求法僧人多往来于列岛与临安（今杭州）之间，将建窑茶盏及饮茶方式带回日本，茶盏被称为“天目釉瓷”或被径称“天目”。

民国相貌

2016年4月13日

今天是邱树森老师八十寿宴，蒙大公子禹兄之邀，前往祝寿。席间认识了南大历史系的一位老前辈（1955级），今年92岁。天哪，看着完全是七十

图1	图2
图3	图4

多岁的奶奶啊！民国知识分子的老相，宁静而平和，就像旧都的法桐那么清奇。恩师孟昭庚先生与老前辈同龄，都是1924年生人。

评论精选

强哥：马上化身小青年。

麦舟回复强哥：本来就是嘛。今天席间，夏老师最小，我倒数第二。

清河旧望：邱先生不是在广州居住吗？原来回南京了。

麦舟回复清河旧望：说是最后一次回南京了，相识的旧友聚聚，人不多，四桌。

Peng：我上学时第一篇文章有幸是邱老师批改的。

本草：阿董与老前辈有点神似是不是？

西茉纳回复本草：等我年老的时候如果有老前辈的神韵就太好了。

立宝：相由心生。

补记

我的硕士生导师孟昭庚先生，河南许昌鲁山县婆娑镇人（今属平顶山市），生于1924年，2014年8月西归，享年九十有一。孟老师1947年考入中央大学，毕业后留南京大学任教，因与韩儒林先生有桑梓之谊，故多受提命。又因家庭出身问题，老师一生低调谨慎，晚年曾用乡音喟然对余曰，自己一生只做对了两件事，其中一件就是没写那么多论文。老师20世纪五六十年代的些许点滴，可见大师兄魏良弢老师1994年为祝贺孟老师70寿辰写的随笔《孟夫子二三事》(《光明日报》1995年2月8日“学者风采”栏）。老师退休前只招过两届硕士生,4人，杨西云（天津师大）、陈煌（中国美院）、曾京京（南农大）和我。1988年，我硕士毕业留系任教，孟老师退休，很有一种“顶替”的感觉，据说这是邱树森老师的安排。我留校之际，孟老师留给我7个字：“教好书，写好论文！”在此后30余年的大学教师生涯中，我一直在践行老师的教诲。

陋室有琴音

2016年5月31日

劳作一上午，除垢二三升。周遭无点尘，陋室有琴音。

评论精选

张萍乡：打扫得一尘不染。羡慕柜子里的书和瓷器。

左帅：有酒，有酒杯。

麦舟回复左帅：还有天目茶盏。

左帅回复麦舟：还有长毋相忘。

duduofu：这也收拾得太干净了吧。

麦舟回复duduofu：只能扫一室。

duduofu回复麦舟：一室即天下。

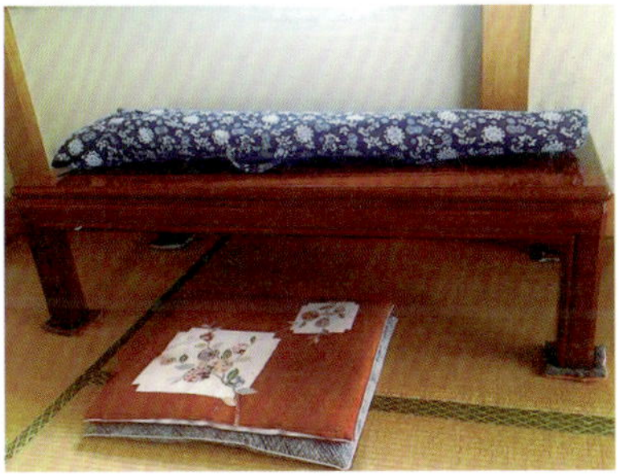

图1	图2
图3	图4
图5	图6

补记

高校无闲日，五月人倍忙。每年四、五月，忙于各类学位论文的审稿答辩，结束后，才能彻底打扫一次家室，除去半年的尘垢。

2002年装修的居室，至今已经14年，几无损毁之处。当年从学校房产处拿到图纸后，在南园陶一过渡房的小桌上，自己用两晚画出了装修设计图，交给帮我装修的堂兄弟后，他们淡淡地说了句："噢，不就是老古气的做法嘛。"实木榫卯结构的门窗柜橱，不仅在当今家装中罕见，也是堂兄弟这帮鲁班们最后的杰作。此后，堂兄弟们老的老，病的病，改行的改行，再无精品木作问世。

粽箬种种

2016年6月9日

端阳前后，姑苏散步途中，见到了久违的花箬（吴方言音nyak），即竹笋成长为毛竹时脱下的笋壳。儿时遇寒食停炊、清明扫墓，芦箬（芦苇叶）

图1	图2
图3	图4

尚不堪用，故用花箬裹粽。苏南平地本缺竹箬（图3），但因便宜且易保存，现在商户家家用之。私意：就香气而言，芦箬为上，竹箬次之，花箬最下；就口感言之，白粽为上，枣豆次之，肉粽最下。最后一张，操吴县老口音的翁妪，早晚被允许集中在菜场门口卖些自家种的小菜（菜场里的经营户多为皖籍人员）。

评论精选

本草："白粽为上，枣豆次之，肉粽最下"，深表赞同！

王小简：从小就只爱吃箬叶包的白粽，小巧的一个，清香味闻着就亲切。

海雯淼淼：可是苏城所见多是肉粽，同事说要吃清水粽只能自己包。今天我家吃到的白粽还是爹妈从南通带来的。

望江喻文：皖籍以贩菜为生计，吴越以卖菜做补贴。

左帅：张师请允许学生针对第二点补充一句，所谓"皖籍"，多是淮河以北的。

吕俏：宁波都是用这个花箬包碱水粽的。

麦舟回复吕俏：嗯，碱水粽风味独特，以前都是用灰汁浸米包粽，保存时间长。

Alora韩：原来粽叶也有这么多讲究。

Kan："箬"字我也会念，可惜口味尚在中下之间。

琴琴：果然会吃的都喜欢白粽，吃的就是箬叶的清香。不过还是老师有研究，箬叶还有这许多种，长见识了！

三田：箬（nyak）这个读音，听起来跟日语的吴音一样，太有意思了。

田野人

2016年7月29日

热成狗，晒成炭。向酷暑中的田野考古人致敬！

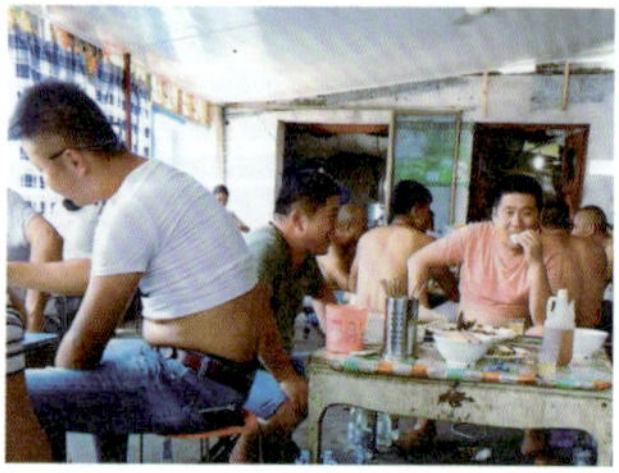

图1	图2
图3	图4

评论精选

靳春波：天哪，这种天还做野外啊！

二三子：张老师又去看好东西了。

克克：你依然摆着玉树临风的造型站在发掘现场。

淮左布衣：搭配这双鞋感觉年轻了二十岁。

麦舟回复淮左布衣：这双鞋穿了14年啦，我太穷！

领军人才：从你穿着如此整洁来看，根本不热。

麦舟回复领军人才：温度计显示39.7℃。

Duduofu回复领军人才：刘老师妙评，充分体现了张老师任何时候都保持雅致。

补记

在一年中最酷热的时节前往徐州考察。主要任务有两项，一是去观摩盱眙大云山西汉江都王陵出土玉棺的修复情况，二是去看一处西晋家族墓地的发掘。大云山西汉江都王陵出土玉棺修复后将作为重要展品，用于南京博物院年底的大型特展“法老·王”，弟子陈刚策展。由南博马永强领队发掘的邳州煎药庙西晋家族墓地，对徐州乃至魏晋考古而言极其重要。简报前些年已发表，正式报告近期亦将由文物出版社出版发行。

完成主要任务后，去大学同学耿建军的工地参观，他正在发掘一处东汉时期的公共墓地。耿同学当年是我们南大历史系1981级考古专业最年轻的学生，徐州铜山人，本科毕业后回徐州博物馆工作，在田野上一直奋斗到今天。

徐州人喜欢在三伏天吃羊肉。40℃的高温下，搭个棚子就能售卖，棚内的温度更高，但人们乐在其中。

百济新罗行

2016年8月25日

暂别金陵往鸡林，长刀短笠去烧畲。

海内正酷暑，海东树已秋。

从大宋国建康府到高丽国忠清道儒城郡，只需半

图 1	图 2
图 3	图 4

日。入住的皇后酒店旁是一条商业街Wolpyeongjung-ro（图4），仔细审音，恍然大悟。ro就是“路”，wolpyeong，按现代朝鲜语把入声字读成儿化音，可知是“月坪”，jung-ro就是“中路”。搞这么复杂，“月坪中路”不就得了嘛。

评论精选

古古风：丰富的行程，大咖云集。

本草：“烧畲”这词，哈哈。

吉儿：这么帅气的帽子，还差一副墨镜搭配。

ZHM：天气预报说冷空气前锋已到苏北，说不定张老师回来时酷暑就结束了。

江南：“巴黎贝甜”果然是韩国货。

TONG. Ling：为什么举大宋国的例子？有寓意否？

麦舟回复TONG. Ling：突然想到南京北宋长干寺地宫出土文物上的发愿文，同时半岛上又是高丽国，故而一用。

补记

早前参与一个国际合作项目“東アジアにおける都城と葬地の政治的・社会的関連に関する比較史的総合研究”〔日本学术振兴会平成27年度（2015年）基础研究A〕，由中日韩三国学者组成，中方有焦南峰、张建林、钱国祥、刘振东和我五人。课题组的第一次集会与实地考察是2016年1月的京都会议，临行前三日我因母亲查出“重症”而退票缺席，这次韩国会议是第二次集会。计划以“建康的都城空间与葬地”为题参与这一课题，分孙吴、东晋和南朝三阶段完成。

“鸡林”是中国中古史籍中对新罗国都的称呼，位于今韩国庆州市，此处表示韩国。“海东”亦为中国史籍对朝鲜半岛的称呼。“长刀短笠去烧畲”一句，出自刘禹锡《竹枝词九首》其九，意为带好工具去开荒种地。“都城空间与葬地”这个命题对我而言正是待开之地。

百济的蓝

2016年8月28日

看了一天的百济，都让蓝天给染晕了。

评论精选

柯南：第三张就是定林寺的石塔吗？有大唐平百济碑铭的那个？

麦舟回复柯南：对，就在那石塔的第一层上，你写过论文。另外还有刘仁轨碑，在扶余博物馆的院子里。

柯南回复麦舟：对啊，所以一眼就望见了，很有特色的五重石塔。

到外国考古回复柯南：敢问学长论文题目是啥？

柯南回复到外国考古：《从塔上铭文来看百济灭亡的具体时间》。

春水秋山：这天蓝得有些醉人啊！

图1	图2
图3	
图4	

百濟

补记

这次考察在朴淳发、田中俊明两位专家的带领下，立志看遍百济、新罗时期保留至今的地面遗存及正在发掘的考古现场，每日行程匆忙，难以一一介绍，只选择了数则专业以外的话题。图1是从白马江游轮上望见的蓝天。白马江又称“锦江”，唐高宗时期著名的唐军击败倭济联军的“白江之战”或“白村江之战”就发生在这里。图2、图3是扶余山城下的定林寺遗址，其布局是东亚中古佛教寺院的典型，五重石塔的第一层上刻着大唐平百济碑文。图4是流经公州市的锦江及南岸的公山城，百济中期的都城，其形势结构与南京的六朝石头城好有一比。

图1	图2
图3	图4
图5	图6

新罗国“花郎”酒

2016年8月31日

庆尚北道首府庆州是统一新罗时期的都城，被称为“王京”，整座城市被指定为世界文化遗产。

今晚，国立庆州博物馆的同行尽地主之谊，我似乎一下子就从现代化的大韩民国回到了朝鲜王朝时代。

评论精选

龙马：除了您在微笑，感觉其他人都绷着脸。

libo：韩国烧酒，不好喝啊。

麦舟回复libo：今天喝的是“花郎”米酒，颠覆了对韩国酒的既往认知。

柯南：我一直想问，韩国餐具为什么都是金属的，他们国内金属矿藏应该不算丰富吧？

东下冯：礼失求诸野！朝鲜半岛貌似并无唐代遗构，却保留了浓厚的唐风。

南国骑士：这是考古工地吗？做得这么细！

居易：这探方做得花花绿绿的，比我们的工地活泼。

补记

夏季的田野考察虽然辛苦，但昼长夜短，能看的东西更多。炎炎烈日下，一想到晚上的啤酒和美食便充满活力。图1是庆州月城遗址东濠的发掘现场。除了考察遗址，新朋旧友的聚会也许是我更大的期盼。图5是与国立庆州博物馆同仁相聚，图6是与庆北大学考古学系朴天秀师门相聚。

第一次到庆州是1999年的秋天，拿着地图在附近找了半天，就是没有找到作为大城市的庆州，就像图2、图3所显示的那样，博物馆、美术馆、餐厅、街市，似乎都散落在田园之中。此后又来过数次，我终于慢慢理解，作为世界文化遗产的历史文化名城必须是这样原汁原味的。反之，故里苏州的名声并不亚于庆州，却没有被列入文化遗产名录，原因可能就在这里。

海东村野

2016年9月3日

与碧空白云下的文化遗产相比，我更喜欢充满人间味的村野景色。韩国夏日的乡村，与江南故里几无二致，粉墙黛瓦，稻田盈目，田畦之间树些稻草人偶用来驱鸟，静谧而安详。路过图2这样的农宅，总有一种小扣柴扉的冲动，似乎屋里就坐着自己的祖母。

韩国之行前后长达10日，行程千里。穿了15年的正版ALL STAR已经超期服役，就让它留在新罗国鸡林都督府吧。

评论精选

朱子槿：穿了10年以上的可以去换新的您知道不？

图1	图2
图3	图4
图5	图6

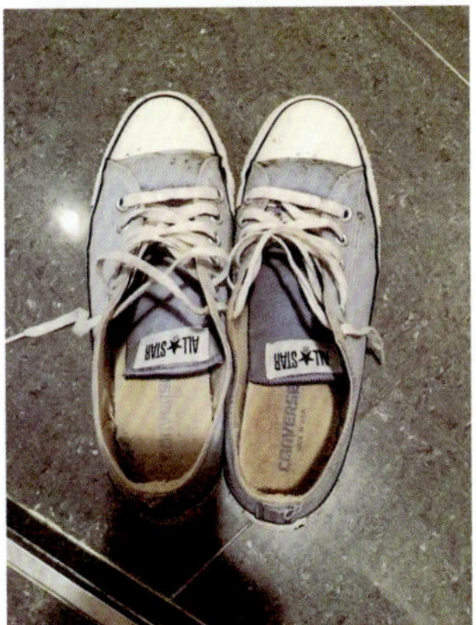
ALL★STAR
ALL★STAR

二三子：一双鞋穿了15年也是奇迹啊，可以送博物馆。

飞狐：名牌正品。

Rose：浮世流光，惜物怜人。一念清净，十五年长。若履有知，当感慰藉。始于脚，终于心也。

紫米山药：走过老庙滩，这是一条有味道的朋友圈。

H春阳：图1是什么呢？看起来像宣礼塔。

麦舟回复H春阳：是庆州的观星台。

夏日炎炎：图4是谁的陵？

麦舟回复夏日炎炎：统一新罗时期元圣王陵。传说下葬时地下水溢出，棺木只得悬挂起来，所以又称“挂陵”。

补记

此次韩国会议和实地考察，前后长达10天，留下照片超千幅，涉及考古、文化遗产、风俗人情等多个方面。鉴于国内对韩国文化遗产的介绍并不多，希望自己今后能在这方面做些工作。

一碗芋头羹

2016年9月14日

芋籽软糯，鸡头新香。葛根浅勾，冰屑薄甘，点一滴蜜下金桂，成就了一碗仲秋的江南晨饮。

加贺国轮岛（日本国石川县）夹纻朱漆槃，山城国京都清水窑烧器，建康府红头香芋，吴郡娄葑鸡头米，徽州屯溪野葛根，秦淮水岸金桂蜜，西番国所贡冰屑糖。不想成为地球人都难。

评论精选

左帅：朱漆櫐很赞。

松斋：漆櫐太美了！前天晚上开始闻到桂花香了。

堃堃：至今还没闻到桂花香，您这都吃上了，贫富差距啊！

songxiao：搞历史的就是有学问，还有名士风范。

本草：这食这器这文！

江南：鸡头米一斤是不是得上百块了？记得那年秋天在苏州街头，看到不少人坐在巷口剥鸡头米，堪称江南一景。

麦舟回复江南：剥好的普通鸡头米120块一斤，大颗的要150块。

老妪坐贾五十年

2016年9月14日

编图至眼瞎，看文至脑僵。当看到此前所摄新罗国二老妪，心中释然。老妪姊妹俩，年八十余，五十年前为生计于庆州自己家中开食堂。20世纪80年代上过电视，一时风靡乡里，老幼皆知，电视截屏至今悬于店堂。虽曰店堂，仅10余平方米。每日备泡菜六七种，石锅主菜三种，亦不外辣椒酱泡菜汁豆腐锅底加牛肉、牛血、泥鳅而已。客至，盘盏齐上，罗人移饭锅中，搅而食之，啜声四闻。老妪

图1 | 图2

则独坐户限，闭目打盹而已。呜呼，老妪坐贾五十年，盛时不知有万客慕名而来，衰时亦不知一日有几客来食。余于此食牛血锅一份，7000韩元，当吾乡45元也。

评论精选

岑：两老妪，无所求之人也。

江南：此小品文妙哉！可收进文集。建议张老师的集子名《家在吴门久作金陵客》。

古古风：写得极致，那生活如细细流水般，感觉千年一瞬，又似永远。

琴琴：搅而食之，啜声四闻……好有画面感，看韩剧的时候不觉得，经您这么一描述，跃然眼前。

图1	图2
图3	图4

人间烟火

2016年10月30日

人间烟火，比什么都美好！

评论精选

table：不一样的人间烟火。

马鞍山刘：食人间烟火，得世上清欢。

文心：萝卜缨子，比什么都好看。

94涂：图3是鸡头米吗？

麦舟回复94涂：是的，快要下市了，价格也降下来了。

何老师：鸡头米110元一斤。

麦舟回复何老师：要落市了，今朝90元一斤。

songxiao：张教授要么比神仙还神仙，要么比凡人还凡人。

麦舟回复songxiao：风花雪月固风流，买汏炊煮皆有道。

秦越：张老师宜结庐故里。

领军人才：很有小资情调啊！

麦舟回复领军人才：不是小资，是齐东野老。

于老大：人间烟火才是人间。

补记

父母已耄耋，我回乡也变得频繁起来，给他们做些好吃的便成了日课。苏州人恋旧，只要听说是“本地的”“东山的”“跨塘的”，哪怕卖相不好也会义无反顾地买下。红萝卜要带缨子的，茭白要用湿漉漉的菰草捆扎的，鸡头米要现剥的，等等，云云，操着吴语的中老年人乐在其中。

原先苏州人把蒸出来的馒头、包子全部称作“馒头”，没有“包子”一说。依据内里的馅料称其为肉馒头、菜馒头、豆沙馒头，生煎的叫生煎馒头，没有馅的就叫实心馒头。随着人员流动的加大，苏州已成为仅次于深圳的全国第二大移民城市，北方语言在苏州越来越普及，年轻一代也学着北方人称生煎馒头为生煎包了。

二访天府

2016年11月20日

上次来巴蜀是1985年3月的参观实习。在中原、关中吃了一周面食后，越过秦岭到达成都的那第一碗米饭，终生难忘。尔来31年，今日再次走进

图1	图2
图3	图4

天府之国，感无量！12年后再见南京大学考古本科毕业的万娇，她已成长为资深女考古学家了。

评论精选

西茉纳：我从未见过泡泡留长发，去成都找她她在北京，去北大她又回成都。陆烨倒是没有变化。

慧群：不知道她的“泡泡”名，只是她的变化太让人惊讶，干练、漂亮。

Aiden：大海也是资深考古学家的样子了。

fishinsea：不过12年后能在成都见到张老师，真的很开心。

辉色记忆：万娇竟然变成气质女神了，还长发及肩！

补记

2016年11月19日，携博士生陈大海、许志强赴成都，参加四川大学举行的第四期“历史考古青年沙龙”，沙龙主题为“观事之邻”，长江上游的同仁意在了解下游地区的中古考古学研究现状。大海和强哥分别介绍江宁上峰孙吴至东晋家族墓和建康古长干里的发掘与研究，我则以《吴都建业的都城空间与葬地》为题介绍了自己最近的思考。

飞往成都的飞机在南京禄口机场晚点了三个小时，有种“蜀道难”的真切感。傍晚到川大后直接进报告厅，做了南京北宋长干寺地宫出土文字资料的讲座。

万娇，眉州人，南大考古本科毕业后去北大读的研究生，后回四川文物考古研究院工作。另有一位久违的学生陆烨，宜宾人，她从德语系转考历史系硕士研究生，后往德国留学。记得她在读期间曾送我一小瓶七十多度的五粮液原浆酒，我一直没胆量尝饮。韩国留学生林常薰曾过宅，倒了一小杯，喝了一口便跳了起来。哈哈，都是十几年前的事了。

工地生活三五日

2016年12月7日

朝为田舍翁，清厕且执畚。暮为尚书郎，笔耘又舌耕。

此行虽仓促，然归途读嵩岳三阙，望轩辕之坂，足矣！

评论精选

文心：画风转换自如。

沈宝应：张老师还需亲临工地吗？

麦舟回复沈宝应：是啊，不然饭碗难保。

江南：太室阙本立于天地之间，自民国起却困囿于幽室。

樊老哥：既为导师，又做家长，楷模加典范，难为先生了！

JERRY：目睹“老翁”晨起洒扫，晚上还能聆听舌耕，不是每一级学生都有这种经历啊！

梅田：尚书郎的姿势比较专业，田舍翁有摆拍之嫌。

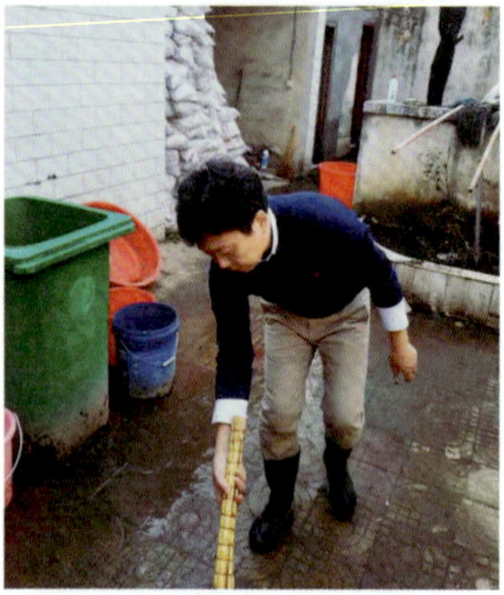

songxiao：考古专业是最让人羡慕的，美其名曰工作，其实就是到处玩。

补记

2016年12月3日至7日，课余时间携博士生高逸凡往河南郑州新密新砦工地看望正在那里实习的2014级考古学科本科生。探方里满是灰坑，虽一时看不懂，但我对距今4000年前后中原地区规整的圆形灰坑产生了兴趣，真的是“灰坑”吗？带学生参观了密县打虎亭东汉壁画墓、密县县衙建筑群，为他们做了一顿中饭，打扫了驻地的厕所。归途，在老学生张建华的陪同下，看了著名的嵩岳三阙。

图1	图2
图3	图4
图5	图6

再访上林湖

2016年12月12日

再访上林湖，在其被列为世界文化遗产之前。

今年的奔波基本结束，明年继续天上地下，东西南北。

评论精选

夏日炎炎：明年来南开坐坐。

永安加福：今年的奔波真的结束了吗？北上参加江南答辩会挪到明年了？

毛主任：明年，继续奔波，继续劳累，越发充实。

紫米山药：鹿鸣那扭啊扭的相机带，让人不能忍。

补记

2016年12月9日，受仇鹿鸣之邀，前往浙江大学之江校区参加“从文本到现场：考古与文献中所见唐宋南方社会”学术交流会议。次日，做题为《走向近世——南京北宋长干寺地宫出土文字研究》的报告，

图 1	图 2
图 3	图 4
图 5	图 6

首次面识郑嘉励。11日考察浙东窑址，地点是今春曾访的大善小坞村凤凰山窑址和慈溪上林湖窑址，受赠慈溪博物馆厉祖浩馆长大著《越窑青瓷墓志》。12日受刘进宝之邀，在浙江大学西溪校区做“东风西渐——大视野下早期东西文化交流”的讲座，卢向前、冯培红、陈红民、张颖岚等先生及在杭同门皆来捧场。

图1	图2
图3	图4
图5	图6

忽忆当年洛下事

2016年12月27日

忽忆当年洛下事，先生遽归弟子老。

评论精选

红雨：你几乎没变化呀。

小野：谷川先生。

麦舟回复小野：是的，谷川先生的黑发时代。

亦陶：请问第一张照片二排右二是不是李桑？看了两分钟，还是无法确认。

麦舟回复亦陶：这张照片就是为仓鼠发的，下午看到他和萃峰的合影，略感慨。

亦陶：嗯，相比年轻的时候，仓鼠还是现在更有味道。

文债七十万："仓鼠"已经是官方钦定称谓了吗？

鹿鸣：发型三十年未变，您最好认。

补记

年底，回顾过去，展望未来，突然念及京都（洛下）诸事。在洛8年间，每月一次参加谷川道雄先生的"Lの会"（六朝史研究会），图1是研究会留下的为数不多的合影之一，前排左起：谷川道雄、福原启郎、葭森健介，后排左起：我、佐藤达郎、李济沧、圆山浩。图2是2001年3月回国前谷川先生为我举行的小型送别会，左起：台湾进修生、萧锦华、谷川先生、我、拙荆。图3，中年的谷川先生和砺波护先生师兄弟。图4，谷川门下诸生，左起：萧锦华（香港中文大学）、李济沧（南京师范大学）、胡宝华（南开大学）、我。2013年6月7日，李济沧、夫马进、辻正博、葭森健介等分别来电告知谷川先生仙逝。10月5日，参加了在京都举行的谷川先生追思会。

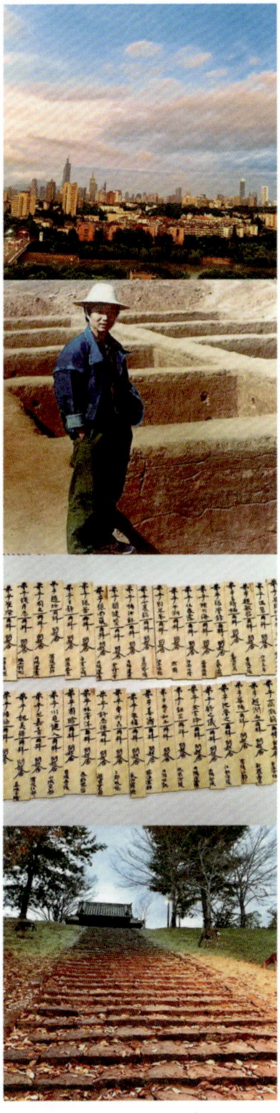

2017年

经常做的梦

2017年2月19日

昨晚做了两场连续剧一样的梦。一个是曾经做过多次的梦：猛然间意识到自己已经好长时间没去姬路独协大学上课了，时间、教室、讲课内容早已

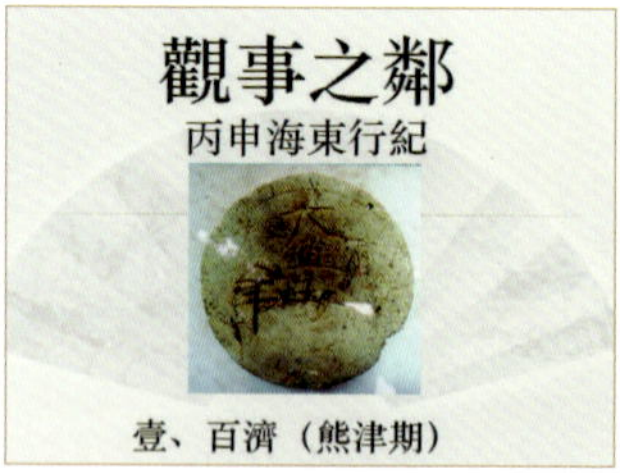

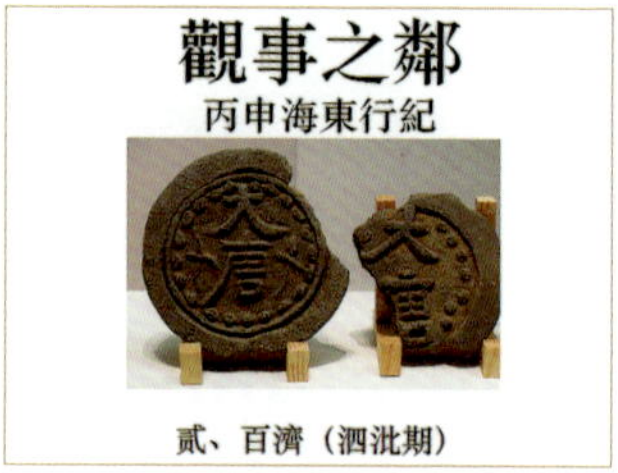

图 1	图 2
图 3	图 4

忘记。极度焦虑之时，独协大学的领导找上门来，宣布解聘，只不过这次的领导变成了我当年的学生。另一个是夹着教案走在同志社大学的教室走廊中，猛然间意识到下一节要上英美文学，顿时汗出如浆，然后画面爆白。唉！五年的非常勤生活，给我留下了心理阴影！做这样的梦，提醒我，明天又要开学上课了。

评论精选

窸宁：期待老师开一门英美文学课。

毛主任：潜意识里不想开学吧。

麦舟回复毛主任：一个永远没有下班的职业，苦。

Qianwy：这么摧残人啊？同样的事情，有追求有责任的人做起来就是不一样。

Hwang：这样的噩梦我至今偶尔也会做。第二天考试，书一页都没看，醒来后觉得人生是多么美好。

麦舟回复Hwang：同感，当意识到是一场梦时，无比轻松。

寒梅：原来不止学生怕开学啊！

补记

在日留学期间我曾经在姬路独协大学任教5年，在同志社大学任教3年。所谓“非常勤”，是指没有正式岗位的签约教师。用日语教中文，困难可想而知。

其实，从1988年留校任教以来，每次开学第一次课的前一个晚上总会失眠，对我这个后脑勺碰到枕头马上就能入睡的人而言，实在是太罕见了。后来听说本系王觉非、陈得芝等老先生一辈子如此，也就坦然了。

每年春天的研究生课“汉唐文物资料研究”，前五六周总是介绍自己上一年度田野考察的收获及新撰论文，力争做到每年不重复。这学期以介绍去年韩国调查的资料开始，以《孟子·尽心篇》所言“观水有术，必观其澜”及蒙文通《治学杂语》所言“事不孤起，必有其邻”为意，名《观事之邻》。

敝帚自珍

2017年2月27日

昨晚梦火灾，今朝碎瓷碗。都说是发财梦、消灾相，一笑。

纪念一件21年间使用最频繁的粗瓷碗的离去。同是瓷片，有些沦为垃圾，有些奉为遗产。

图1

图2

评论精选

良仁：感情丰富！

Colin Ng：再放几百年也是遗产。

海京：老物件，可以送修复室处理一下作纪念。

菅原舜水：锔碗这手艺现在也不好找了吧。

麦舟回复菅原舜水：这手艺民间应该已经绝迹了。

二三子：美瓷多了个故事，锔瓷添了桩买卖。

本草：相伴21年，您和碗都够幸运了啊。

嘻哈大叔：残缺的美，值得保留。

补记

图2，浙江慈溪上林湖后司岙窑址出土的瓷匣钵单件盛烧的晚唐秘色瓷废品，在地下待了千余年，妥妥的文化遗产。

粗茶淡饭

2017年4月24日

稻米软熟，雀壶孕春。豆酱古早，蕹菜新香。日常的味觉总是隐藏在最简单的茶饭之中。朴素的食材，耐心的等待，总能换来期待的美味。

图1

图2　图3

评论精选

西茉纳：这是舌尖上的中国第三季吗？

寥宁：忍不住萌生了去老师家蹭饭的想法。

古古风：厉害啊。透露一下，空心菜怎么炒才不变色？

慧群：我炒的空心菜总发黑，现在知道了人工、火候、锅具三合一才能获得美食。

补记

图1，肉丁、香干、花生米、茭白丁熬豆酱及蒜香蕹菜（空心菜）。图2，味噌山葵拌菜薹。图3，凉拌莴苣丝。

有感而发

2017年5月12日

我呢，不是做不了田野，是不想做。

——纪念留校后第一次带本科生田野考古实习28周年

评论精选

清河旧望：那时候穿个绿军裤还是很了不起的。中间穿红衣服的有点像田名利老师。

范步兵：我呢，不是不想学，是真学不会。

马鞍山刘：我呢，不是种不了桃李，只是想种春风而已。

于老大：我呢，不是学不了考古，是真不想学。

督军：那时候大家身材都好瘦。

麦舟回复督军：那时候能吃得饱，但很少有零食、牙祭，往往是饿着肚子入睡的。

左帅：笔直的探方壁，田野功夫了得。

TONG. Ling：张老师从您以前至现在的照片看，您都有一种20世纪80年代日本明星的气质。

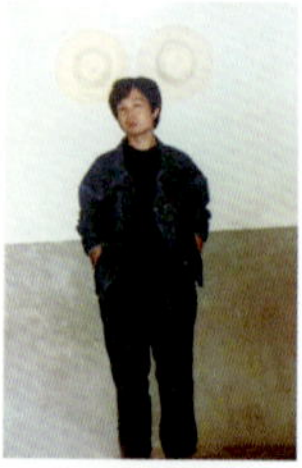

图 1	图 2
图 3	图 4

图 5

may：很荣幸做了张老师的第一批学生，也看到了当年的自己，最后一张好珍贵！

补记

我1988年7月硕士毕业后留校任教，岗位在历史系古籍整理研究所，但部分工作仍在考古教研室。南大考古规模向来很小，人手总是不够。考古1981级的龚良、李为民和我同时留校后，连续做了怀远双古堆、六安东三十里铺、镇江花山湾古城、镇江铁瓮城遗址，已故吴建民老师当时不无得意地说："今后龚良负责管理，李为民负责田野，张学锋负责文献，足矣！"但世事难料，数年间，李为民去了美国，我去了日本，吴老师去了市文化局，龚良去了省文化厅，整个20世纪90年代后期，全凭张之恒老师和新入职的水涛兄两人苦苦支撑。2000年前后，学校从南农大调回了我同班的刘兴林，吴桂兵新入职，黄建秋从九州大学回校，我亦从京都大学回校，加上贺云翱等人的加入，南大考古才慢慢恢复了元气，但规模依然只有北大、西大、吉大、川大等兄弟院校的数分之一。

端午煮粽

2017年5月29日

端午煮粽。芦箬纯糯米小脚粽，最大限度地保留了白米粽的清香与紧致的口感。加入鸡蛋，让芦苇的新香慢慢渗透到蛋黄的深处。剥开蛋壳，蛋白上那一层淡淡的绿，沁人心脾。

图1 | 图2

评论精选

吃粉笔灰的：末句最写意。

榴莲哥：明年换江南方式来包粽子。

强哥：江南人不仅追求食物的口感，而且对食物形态的要求也几乎达到了吹毛求疵的地步。烹制过程不单单是对食物的加工，更体现了江南人对生活的态度。

Cathy：新鲜粽叶裹的白米粽，是粽中的极品。

补记

外祖母裹的小脚粽，十里八乡都很有名。端阳节前，总有很多人家请她上门去裹。小脚粽能裹得很紧致，煮熟后剥开，宛如细腻的白玉，而三角粽、枕头粽达不到这个效果，肉粽则纯粹是放了一坨肥肉的酱油糯米饭。

闲适

2017年5月30日

总有一种绿，在这个季节会让你慢下脚步，驻足细看。

评论精选

左帅：张老师待唊无花果？

固体胶：紫了更让人停步。

居易：无花果树看起来挺大的啊！

翠芳：有一颗发现美的心，处处都有美景。

义军：老师善于发现生活中点滴的美好。

补记

所居阳光广场在草场门外秦淮西岸，与石头城隔河相望。宋代以前这一带还是长江河道，是中唐诗人刘禹锡咏“潮打空城寂寞回”的地点。小区内及秦淮两岸经十余年的整治，河水荡荡，绿荫满目。春天的新绿是最美的，无论从什么角度看，都值得你驻足。

恭请家乘

2017年6月4日

今日恭请第十二修丁酉版家乘。第十一修甲申版纂于1944年，至今73年矣！丁酉版皆为乡老里父采集撰述，虽疏漏颇多，然功德无量，家乘由此

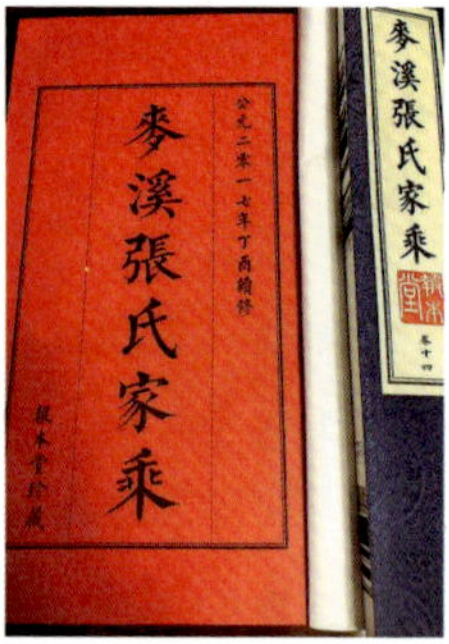

传矣！七十年来，世事剧变，虽同宗人口众多，但今乡村几无士绅，城居宗子亦多不知故里旧事，家乘无由再续，此版当为绝唱。

评论精选

左帅：诗书传家。

王雁北：书香门第，翰墨人家。

江南：期待《一个江南家族的八百年》早日问世。

西溪晴雪：叔千公是张老师先祖的名讳吗？我想到靖康之变时的大忠臣张叔夜，叔千公是张叔夜的兄弟吗？

麦舟回复西溪晴雪：正是。叔夜公自刎后，叔千公携家人随高宗南渡。

西溪晴雪：张叔夜是我最敬仰的历史人物之一啊！先是平寇匪，再是抗金兵。叔夜公一死以保国，拒绝当贰臣，是文天祥一般的人物；而叔千公护跸新主，重造宋国，令人钦佩！

麦舟回复西溪晴雪：我是叔千公第三十世孙。

图1	图2
图3	图4

补记

故里麦溪位于今丹阳市南门外十八里，今属延陵镇管辖，是镇江市最大的同姓聚居村落。麦溪之名，典出北宋范仲淹之子范纯仁赠文士石曼卿两船租麦之事，故麦溪张氏自明朝以来凡有功名者均自称“云阳麦舟子”。

自始迁祖叔千公靖康之难随宋高宗南迁，先居润州城，三世后卜居丹徒马陵桥，第四世千宁公迁居麦溪。此后繁衍，宗族强盛，明万历己丑（1589）《麦溪祠堂记》中已称“十千有余丁，散居三十有六处”。民国时丹阳有“富贵三城束，人丁麦溪张”之谚，三城巷束氏因经营民族工业致富，而居住在丹阳县内的张氏宗族有五万余人。叔千公以下至今繁衍三十余世，我是第三十世。

《麦溪张氏家乘》始纂于明嘉靖辛酉（1561），莆田冲崖林炯撰序。今丁酉（2017）版为第十二修。祠堂号“报本堂”，清乾隆朝“日讲官兼翰林院事后乐于辰书”祠堂匾额。于辰，金坛人，雍正元年（1723）殿试状元，乾隆朝文华殿大学士于敏中从兄。

孙吴大墓

2017年7月9日

三访苏州虎丘路新村孙吴大墓发掘现场。从墓葬形制到铭文砖，再到纪年砖，一步步，都在我最初的预想之中。

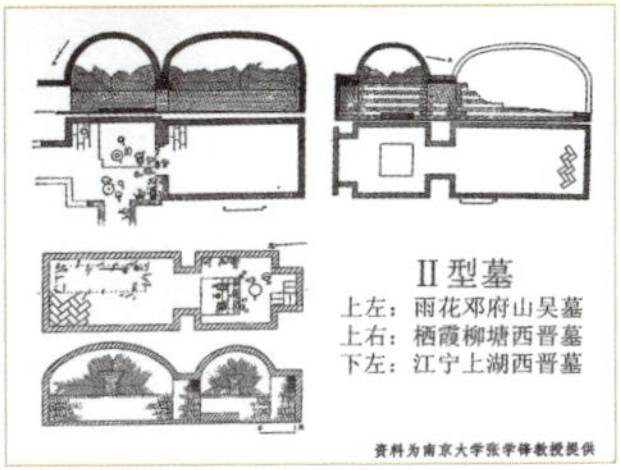

图 1	图 2
图 3	图 4

评论精选

木樨：是在虎丘附近吗？

麦舟回复木樨：在一号桥附近，虎丘路与玻纤路口。

江南：孙策和大乔？

麦舟回复江南：下结论为时尚早。

克克：挖完怎么保护？

麦舟回复克克：整体迁移，今后在苏州考古博物馆内展陈。

梅田：吴侯啊！

武皇：跟近几年出土的两个同时代曹魏的墓相比小多了。当然江南的物件，整体都偏小。

补记

2016年，苏州市考古研究所在该市虎丘路新村发掘了4座三国孙吴时期的大型墓葬。当年参加专家论证会时首访，次年春天与同门研究生春游时再访，此次是第三次造访。

其中1号墓规模最大，为多室砖墓，长14.2米，宽9.7米，前后墓室均为四角攒尖式穹隆顶，甬道内设两道石门。虽遭严重盗掘，但依然出土了青瓷、金银等不同质地的随葬品66件（组），其中包含大量的女性用金饰品，推断为夫妇合葬墓，时代在孙吴早期。紧邻1号墓东侧的2号墓，与1号墓在同一封土之下，应该是1号墓的祔葬墓，规模虽然不大，但未遭盗掘，墓室结构完整，器物出土位置规范有序，随葬品丰富，共出土随葬品83件（组）。2号墓为单人葬，人骨鉴定为女性，年龄在20—25岁之间，推断是1号墓墓主的侧室夫人。1、2号墓西侧的5号墓，虽然毁坏严重，但在许多墓砖的侧面留下了模印的“吴侯”文字，发掘过程中还发现了残碎的纪年铭文砖，经拼对出现了“建兴二年七月廿二日吴王……”字样。“建兴”为孙吴第二代皇帝废帝孙亮的年号，建兴二年为公元253年。

苏州，孙吴时期为吴郡，是孙吴政权早期的政治中心，即使定都建业（今南京）后，吴郡依然是孙吴政权最重要的大后方。孙吴宗室的部分成员亦长年居住在吴郡，包括周瑜等重臣、宗室姻亲也葬在吴郡。虎丘路新村及其东侧的黑松林一带，历年来发掘了较多的东汉晚期至孙吴西晋时期的大型墓葬，推测这一带应该跟孙吴宗室的吴郡葬地有关。

桑树脚忆旧

2017年7月15日

时隔33年再次踏上扬州唐城考古工地，少年头已成“奶奶灰”。

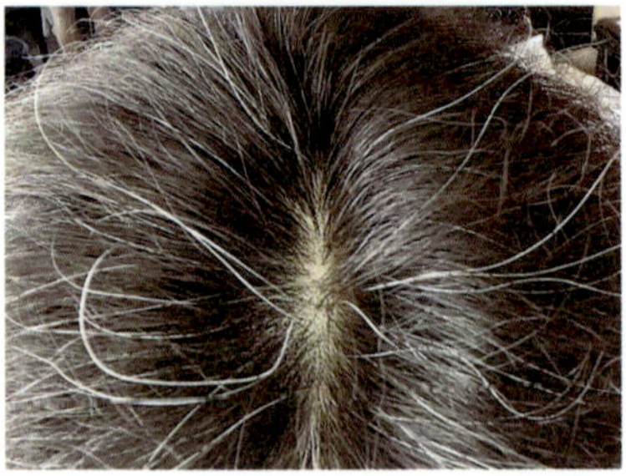

图1

图2

评论精选

独倚危栏：好像今年添了不少。

竹西佳处：又到桑树脚？

soda8952："奶奶灰"现在正流行，文艺青年都喜欢。

小林子：有头发就挺好，还在乎啥颜色！

到国外考古：好有沧桑感。记得我们大四时老师也带我们去过唐城。

二三子：十几年前随张老师去踏访过。

边昕：想起11年前张老师带大家去扬州，路过唐城博物馆，因为需要门票谁都没进去。

补记

近20年来每年都会去几次扬州，秋天带履修"隋唐考古"课的学生去参观考察几乎已是定例，但自己和研究生进入考古工地实习是很久之前的事儿了。

在我大四上学期的1984年秋冬，我们班15位本科生的第二次田野实习就在扬州，由已故秦浩老师带队。我们住在扬州城北的桑树脚村，发掘地点在村东北的铁佛寺，铁佛寺位于古邗沟北岸，是一处唐宋时期的手工业作坊遗址。今天已经成为别墅区的桑树脚，当时周边全是乡村。记得我的房东姓朱，他儿子在肉联厂工作，我也经常跟着吃到一些下水。秋风秋雨后的某个夜晚，四周静谧，蛙声四起，大家突然想吃红烧田鸡，于是让几位同学拿着手电拎着蛇皮袋去照青蛙，个把小时便抓了半口袋。接下来的任务就是我的了。从宰杀到出锅，也就一个小时不到。大伙儿猛吃一顿，摸着油嘴，散到各家睡觉。沿途狗吠声起，夜猫乱窜。

有一件事情至今难以忘怀。那年是南大首次施行推荐免试读研政策，我在被选之列，实习中途被召回学校参加英语考核。英语荒废几近两年，或在田野挖土或在遗址中穿行的我根本通不过，于是不得不参加研究生入学考试。虽然读了研，也勉强通过了研究生英语考试，但从那以后便放弃了英语学习，改学日语。

长干行

2017年7月22日

虽曰大暑，涉彼榛荒。且耕且读，厥谋稻粱。麦粥冷齑，减肉清肠。待日西下，坐嗅芬芳。

图1	图2
图3	图4

评论精选

Dr. Wujie：这日出拍得好啊！

麦舟回复Dr. Wujie：哈哈，自家阳台，一年四季看风景。

飞狐：我很欣慰第三张我出镜了。

麦舟回复飞狐：没人知道那是你的黄肚子。

古古风：刘先生眼神没看您指的图，而是在打量您。

Hwang：邹老爷子还是那么精神。

樊老哥：惟妙惟肖，妙语连珠。且耕且读，贵在心安。

补记

连续41℃高温，可谓酷暑。南京市考古研究院在中华门外雨花路西侧的西街发掘了一处遗址，揭露面积颇广，从地理方位来看，应与公元前473年越灭吴后范蠡所筑的越城有关。发掘领队是弟子陈大海。南京市文广新局邀请了邹厚本、刘庆柱两位老先生，加林留根、王志高和我召开专家论证会，对遗址的性质、考古工作的意义及下一步的工作展开讨论。

古秦淮河南岸，冈阜相连，据《吴都赋》刘逵注，江东人称连冈间平地为“长干”。结合弟子许志强数年前在西街工地西侧“越城天地”地块的发掘工作，肇始于越城，后来在六朝时期成为都城建康城南重要居住空间的大长干里、小长干里、东长干里等城市空间的面纱渐次揭露。先后两次的考古工作，对长干里范围内的地形地貌及越城、南篱门、国门、长江东岸线的确定具有重要意义。

燕园一日

2017年8月26日

燕园一日。会议茶歇时间，去了历史系老师的办公室，在彼处看到了据说是宫崎市定撰述《九品官人法研究》时使用的四部备要本《晋书》。

评论精选

Lyu：眉批是宫崎先生的手书？

麦舟回复Lyu：是的。

补记

近年翻译宫崎市定的《亚洲史论考》，见到宫崎家藏书流出，感慨颇多。想想也是，如果学问不传代，一生的藏书总得归他人所有。

图2

图1

图3

图4

人文論壇
第十届
中国中古史青年学者联谊会
“国家、区域与社会”人文学术论坛
2017年
8.25–8.27
北 京 大 学
李兆基人文学院 1 号楼
108 会 议 厅
特邀演讲
8/25
16:30–18:30
中国古代史研究中心
学 术 报 告 厅
吴都建业的都城空间与葬地
演讲人
张学锋（南京大学历史学院教授）
联谊会十周年纪念座谈
8/26
16:50–18:30
主办单位
北京大学中国古代史研究中心
北京大学历史学系
北京大学人文学部

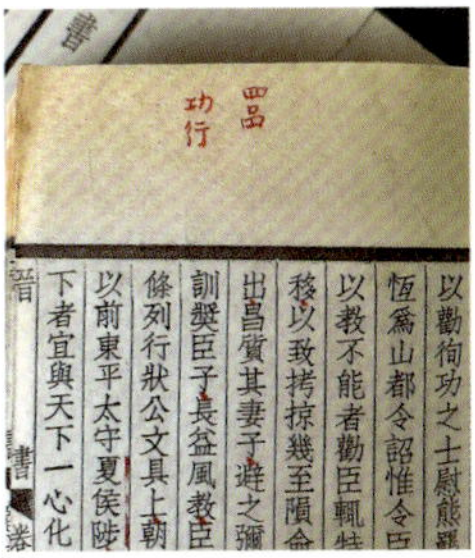

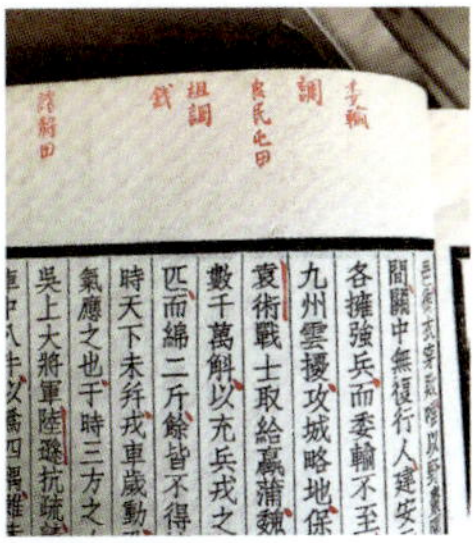

经华阴到长安

2017年8月28日

上次来西安是1985年3月，已是32年前的事了。昨日途经华山，32年前经过时是半夜，所以这是第一次远眺华山的真容。今天是“东亚古代的墓葬与都城”西安会议，上次在公州，下次在奈良。

评论精选

Lyu：大佬也需要赶场开会？

左帅：临山而行，便是溪山行旅。

竹西佳处：32年前也是坐火车。当年正赶上民工春节后返城，我们全班人马是从洛阳一路站到西安的，真是难忘啊！

达志：无数次经过，天从没这么蓝过！

良仁：昨天去陕西考古院找你，结果没见到，原来你还在华山底下。明天我去凤翔了，去那儿找我吧。

古代东亚的都城与墓葬国际学术研讨会

27日

9:30～10:10　桥本义则（江韵翻译）：日本古代宫都葬地的成立与发展
10:10～10:50　小田裕树（陈涛翻译）：日本古代都城的建立与墓地、墓葬——研究现状与课题
10:50～11:30　国下多美树（张鸿翻译）：都城的发展与葬地、墓群——长冈京、平安京研究现状与课题
14:30～15:10　朴淳发（王飞峰翻译）：百济的都城与墓域
15:10～15:50　黄仁镐（王飞峰翻译）：新罗都城的都市规划和陵域的变迁
16:20～17:00　田中俊明（江韵翻译）：国内高句丽王陵比定的几个问题

28日

9:00～9:40　张卫星：秦始皇陵与秦都咸阳表达的“秦制”探讨——兼论陵墓与都城的二元一体
9:40～10:20　刘振东：汉长安城与墓葬
10:20～11:00　杨武站：论西汉陵邑的功能与变化
11:00～11:40　钱国祥：东汉洛阳城与帝陵的布局研究
14:00～14:40　张学锋：东晋建康的都城空间与葬地
14:40～15:20　沈丽华：东魏北齐邺城和西郊陵墓布局研究
15:40～16:20　王志高：南京净化新见南朝罗氏地券考释
16:20～17:00　妹尾达彦：生前的空间、死后的世界——隋唐长安的官人居住地与埋葬地
17:00～17:40　张建林：唐代帝陵蕃酋像略说

时间：2017/08/27～28

会场：陕西省考古研究院一层会议室（西安市雁塔北路乐游路）

主办
中国社会科学院考古研究所
陕西省考古研究院
（日本）东亚比较都城史研究会

图1

图2　图3

图4

补记

东亚比较都城史研究会申请的日本学术振兴会课题，今年的任务是在西安召开研讨会，然后在当地专家的陪同下考察唐代帝陵，会议1天，考察9天。我按例继续六朝都城空间与葬地的选题，去年韩国大田发表是的孙吴建业，今年是东晋建康，明年京都、奈良将发表南朝建康。

上次去西安还是大四下学期的时候，由秦浩、吴建民两位老师带领我们参观考察，1985年的3月，依然寒冷。从洛阳坐上夜车，车厢里无立锥之地，一路金鸡独立到西安，留下了深刻的印象。几十年来，从西北回东南的车票非常难买，一直将西北之行视为畏途。我在南大的主课是“隋唐考古”，一个教隋唐考古的人，三十年未往西安，惭愧至极。

雨中考察乾、靖二陵

2017年8月29日

冒雨考察，鞋变成第一张（照片），心情是第四张。聆听“男神”张建林讲解见第三张，众人释然见第五张。获取新知见第六张，典型北食见第二张。

评论精选

东人美：北食好诱人。

香莴笋2号：只对第二张感兴趣。

鹤归来：风趣幽默，风轻云淡。

LiWeiMin：建林成“男神”了？祝贺！有机会问一下是否还记得我老李，请问个好。

麦舟回复LiWeiMin：张建林清楚地记得你。

LiWeiMin回复麦舟：1989年京城一别，快30年没见了。

Nju任：一张张点开对照文字解说看。

柯南：记得大三暑假去西安旅游，啊不，去考察，天天都是面条、馒头，难得有天吃米饭就兴奋得不得了。

HYDRO-SHIELD

马鞍山刘：壁画真美，天上人间。老师的配图让人穿梭太快。

松斋：粒食之民，果然想的还是大米饭。还是刘师兄好，我们在咸阳实习时他把伙食改为一天“饭”一天“米”。

强哥：Autumn is coming，冒雨参观唐陵，道路特别泥泞，亏有“男神”陪同，面条馒头大饼，味道凑合还行。

补记

在张建林带领下考察唐陵，首日是乾陵及三大陪葬墓，一行人在薄暮中考察僖宗靖陵后入住礼泉县昭陵宾馆。乾陵是我32年前去过的地点，靖陵是首次考察。一日大雨，气温骤降，有了秋天的感觉。

图1	图2
图3	图4
图5	图6

雨中考察建、昭二陵

2017年8月30日

今天，在可怜的唐肃宗建陵东门阙外的风雨中，看着长满枝丫的嘎啦果，我决定做件坏事：盗！罚款亦在所不惜。但刚摘下来的嘎啦果，其实很难吃，天罚？作为温顺的绵羊，你可以闭口不言，你也可以笑口常开，但我就是要蹄壮如牛，仰天长啸。

评论精选

酒缸：怎么盗的，被发现了没？

麦舟回复酒缸：希望被抓住，但大雨之中连个人影儿都没有。

马涛：张老师，您在说段子吗？

强哥：石羊笑而不语，偷偷把这件事记在日记里。

图1	图2
图3	图4
图5	图6

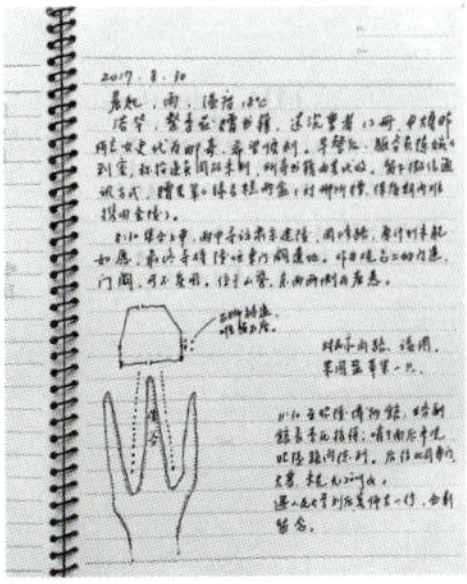

JANSPORT

Aiden：一个苹果引发的内心戏。

樊老哥：半世归来，依然少年。童心未泯，可喜可贺！

补记

这天上午冒雨考察唐肃宗建陵，但因大雨阻路无法前往神道，只得依据陕西省考古院的建陵勘探图在考察日记上脑补(图2)。一行人改去东门阙遗址。沿着泥泞的小道登上建陵东门阙遗址，只见两个巨大的土丘(图3)，可知依山为陵的唐陵东西门阙其实不实用，只是观念上的存在。

下午大家前往唐太宗昭陵，昭陵博物馆内陈列的十四蕃酋长像吐蕃赞普的像座上刻着“赞府”(图4)，可见直到唐朝中国人都不会发轻唇音，f、v读成p或b，所以梵语Shiva神就被翻译成了“湿婆”。李勣墓前仰天长啸的石羊实属罕见(图6)。

日出走秦川

2017年8月31日

上午访唐宣宗贞陵。出发前，偶尔偷闲学少年，与钱老荡个秋千。辣子饸饹加生蒜，虽然烧心灼胃，但瞬间下肚，这无疑是承自先祖（传说是陕右宁镇坊洛阳桥人）遥远的记忆。下午，访唐德宗崇陵，石刻之美令人惊叹。比保存完好的石刻更具烟火气的，是遍植于崇陵神道之上的芝麻。偶尔也留个影，遥想一下德宗朝的两税法、泾原兵变或者参加德宗葬礼的遣唐大使藤原葛野麻吕。夕阳下，参加考察的“蕃酋”们立在崇陵西蕃酋殿遗址上露出了满意的笑容。

评论精选

屯泽流美：吃面的姿势看着很专业。

达志：唐陵考察，悠远的思绪。

Aiden：可以唱唱小曲，透露一下，钱老会唱豫剧。

玉痴：那芝麻竟然如此翠绿，恐怕也是天下难得

图 1	图 2
图 3	图 4
图 5	图 6

一见的了。

段郎："吃着面，就着蒜，拿个皇帝都不换……"

历史中一只安静的废物："吃面不吃蒜，白在世上转……"

Nju任：荞面饸饹，是最具陕西特色的美食。

大卫：老师把论文写在大地上，不像我们整天坐在办公室里。

麦舟回复大卫：各有长短，不要把学者的生活想象成诗一般。

补记

唐德宗在位期间推行的两税法具有重要的意义，从此，中国由"军事国家"逐步迈向"财政国家"，国家财政制度具有了近世意义。《日本后纪》桓武天皇延历二十四年（805）六月八日乙巳条，记录了遣唐大使藤原葛野麻吕在唐期间参与唐德宗丧仪的报告书。唐德宗薨亡、唐顺宗即位的过程，在电影《妖猫传》中亦有所反映。

终于吃上白米饭了

2017年9月1日

苹果也盗了，葡萄也买了，馍也泡了，来陕西的第六天晚上，终于吃到白米饭、清蒸鲈鱼、炒青菜了。但别以为我是来游山玩水吃喝玩乐的，学习也是挺用功的噢！

评论精选

文债七十万：秋风起，鲈鱼堪脍。

麦舟回复文债七十万：此鲈非彼鲈，江东金齑鲈鱼脍用的是松江四鳃鲈鱼。

瑶小从心：我们去时太仓促，功课没做足，一天挨着一天强度不断增加，整理总结非常欠缺。再看您的记录，感觉自己白去了。

飞狐：第四张合影是在庄陵吗？

麦舟回复飞狐：你已了然于胸。

范步兵：学术日记，字、图、文、人，样样漂亮，样样干净。

TONG. Ling：图4，感觉您就是唯一的青年学者。

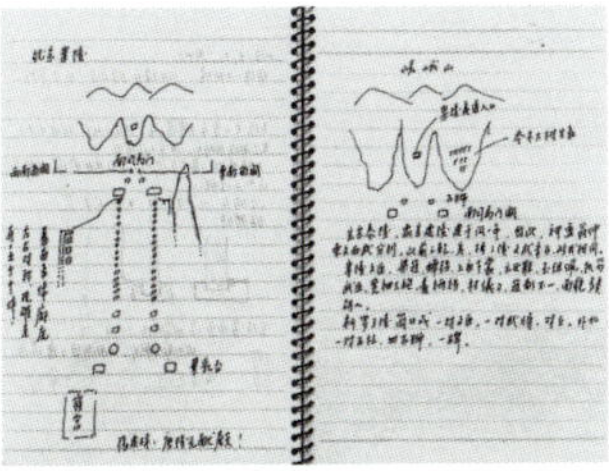
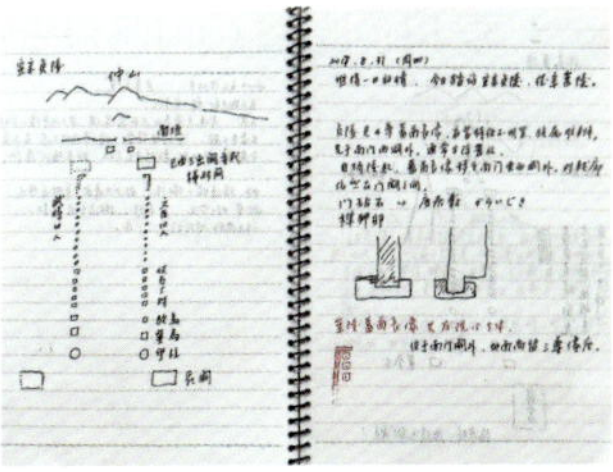

图 1	图 2
图 3	图 4
图 5	图 6

麦舟回复TONG. Ling：十人中，我第六老。

Colin Ng：锋叔，你仿佛是20岁的少年！

麦舟回复Colin Ng：这么好听的话你应该早说啊！

补记

唐十八陵中，14座是依山为陵，4座是封土为陵。4座封土为陵的陵墓，除僖宗靖陵在乾县的黄土原上，其他3座即高祖献陵（图3）、敬宗庄陵和武宗端陵都在三原县的黄土原上。都说中晚唐的唐陵石刻就像唐王朝逐渐走向衰亡一样失去了前期那样的雄壮，现场看了实物以后，找不到这样的感觉，诸陵的石刻更加精美，更趋写意，这是艺术作品发展的趋势，与政治的变动关系不大。敬宗庄陵的翼马太精美了，大家决定在此合影留念（图4）。

在前往武宗端陵的途中，一行人经过淡村。原本是富平县庄里镇淡村，现升格为淡村镇。在端陵朱雀门遗址上，淡村人推车卖桃，10元一大堆。桃长相不行但味道尚可。

背上的大白兔

2017年9月2日

在当今最火热的城市——陕西富平，我用自己的汗水，蘸着自己体内的盐分，在自己的背上，画下了一个大白兔（皮卡丘）。回到宾馆脱衣查看，兔儿已无踪影。

评论精选

松斋：真的是大白兔！

南天乐：谁这么细心。

边昕：看到富平立马想到富平的柿子，太好吃了！

古古风：太萌了。这心态，就是二十多岁的小年轻。

可友：武宗陵前也有蕃酋长像？

麦舟回复可友：是的。经调查发掘，太宗以后诸陵都有蕃酋长像。

TONG. Ling：按朋友圈内“60后”的原创性、可读性计，您与云中君并列第一。

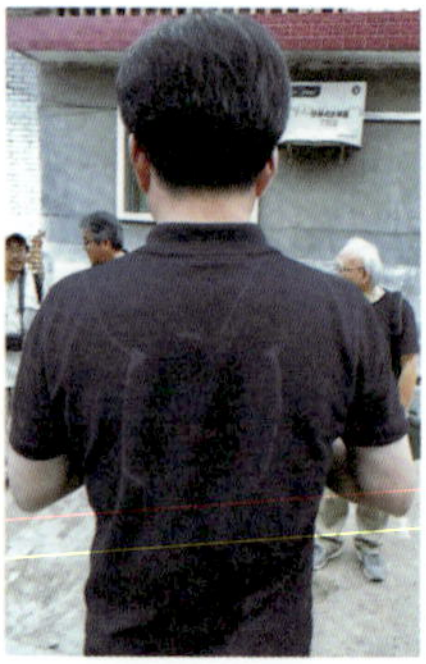

富平县文庙博物馆

补记

上午，在阴霾中考察三原县东里花园。当地称是李勣故居，但没啥依据，倒是因为于右任在此居住，花园被列为全国重点文保单位。院子里放满了石刻，以三原县境内诸陵及陪葬墓石刻为主，经调查发现，其中敬宗庄陵、武宗端陵发掘后所得蕃酋像均集中在这里（图1）。发现两尊蕃酋像的腰带为“双铊尾带”（图3），这种带具出现在中唐，令人吃惊。

下午考察李虎永康陵。傍晚到富平，天终于放晴了。沿着富平老城高大的城垣（图5），一行人走到由文庙改成的博物馆。院内放置着唐懿宗简陵西门外被盗后追回的双狮（图4），矗立着于志宁撰韩仲良神道碑和颜真卿撰李光弼神道碑，韩仲良神道碑碑文上的朱砂历然可见（图6）。大成殿后建有新库房，收藏丰富，号称“小碑林”。

图1	图2
图3	图4
图5	图6

困兽与南塘之约

2017年9月3日

在唐文宗章陵的神道上，一棵果满枝丫的柿子树爱上了1235岁的武士，用年轻的躯干紧紧地包裹着武士的衣袖（图4）。日暮烟起，或有南塘之约。

闲观秦川农事，初见者甚多。长在树上的花椒（图5），没去皮肉的核桃（图6）。

评论精选

麦舟：请关注图4柿子树的躯干与武士像衣袖的叠压打破关系。

飞狐：下次去富平文庙，听说有很多石刻。对了，章陵的西侧神道柱断成几节，大概还在原位，您看到了吗？

麦舟回复飞狐：看到了，只露出柱头部分。富平文庙不好进噢。

吴习习：八百里秦川，一千年岁月，尽在此矣！

麦舟回复吴习习：言简意赅，得其精髓！

吴习习回复麦舟：不如先生，不着一字，尽得风流。

图1	图2
图3	图4
图5	
	图6

二三子：开学了，老师还在关中漫步啊！

麦舟回复二三子：不是漫步，是疾走，今天步行了十公里。

毛主任：真是考古人才有的浪漫，我咋没看出来大树有此心呢，乱点鸳鸯谱！

补记

上午考察唐懿宗简陵。站在陵园南门西阙远眺玄宫所在的紫金山（图1），周围种满花椒，花椒树带刺，一不小心就会被刺到，但椒农们却得心应手（图5）。中午在富平县庄里镇陕西第一监狱对面的吴记老卤味吃面，吃着面听着对过牢房里的故事。下午考察唐代宗元陵和唐文宗章陵。元陵的寝宫（陵下宫）是目前唯一发掘的唐陵寝宫。一行人看完神道石刻、南门阙，登山，前往元陵西门遗址。西门外双狮保存完好，为防盗用铁栅围起（图2），由于山势陡峭，西门双狮外的双阙被建到了对面的山体上，相距不下五公里（图3），同样可以说明唐陵陵园的东西门不具有实际使用意义。被铁栅围困在山巅的猛兽，与遥远的双阙，相看两不厌，一眼便千年。

行走在元陵的角角落落，脑海里全是颜真卿的《大唐元陵仪注》。

羌村

2017年9月5日

从蒲城前往唐睿宗桥陵。沿途众多地名如“罕井镇”“东党乡”“雷牙乡”令人怀古。罕井、党、雷等，都是十六国北朝至隋唐的羌姓，其他著名者尚有夫（不）蒙、同蹄、弥姐、钳耳、荔非、地连等。当时氐羌满关中，盛唐时关中羌村尚随处可见，今则皆为汉人矣！故关中之人，血脉最杂。

评论精选

TONG. Ling：小心被关中好汉看到。

义军：学问。老师推荐一下关于这一时期非汉人姓氏的资料吧。

麦舟回复义军：马长寿《碑铭所见前秦至隋初的关中部族》。

寋宁：此话不假。我从读本科到现在，常被认为是蒙古人。

嘻哈大叔：祁连山里面的混血汉族也很多。

樊老哥：当下56个民族中，恐怕要数汉民族的血

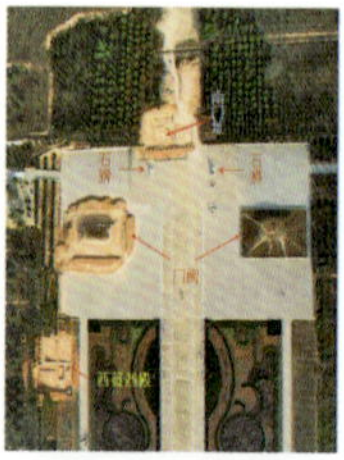

图 1	图 2
图 3	图 4

图 5

统最为复杂了。

J. K：去年暑假路经山西时见有满村皆姓姚，此“姚”十有八九是羌人姚苌、姚兴之“姚”。

补记

冒雨考察唐睿宗桥陵、唐宪宗景陵，沿途的乡村名令人遐想。张建林回西安参会，张博带领大家参观。桥陵建于盛唐开元前期，具有典型意义，神道石刻保存较好，翼马尚保留着浓厚的西魏北周独角兽的形状（图1）。陵园经过调查发掘，结构也非常明确，尤其是南门遗址及南门西阙外蕃酋殿的发掘，解决了许多学术问题。（图2）唐睿宗长子李宪不愿为帝，让位与唐玄宗李隆基，故李宪被称为“让皇帝”。李宪卒葬于开元二十九年（741），所葬惠陵作为桥陵最重要的陪葬墓，发掘后现地保护并对外开放，桥陵其他陪葬墓的神道碑等文物也多移到惠陵院内保护（图3）。惠陵出土的遗物可以作为开元晚期的标准器，从男女陶俑来看（图4、图5），开元晚期已经完全摆脱武则天时代和开元前中期的风格，形成了天宝模式，并影响到中晚唐，因此，唐代考古在开元、天宝间分期势在必行。

宁饮建业水

2017年9月17日

宁饮建业水，不食武昌鱼。在六朝建康宫城遗址上建立的六朝博物馆里读《建康实录》，今已二载。门人张今削简为刺，供众人出入博物馆之用。

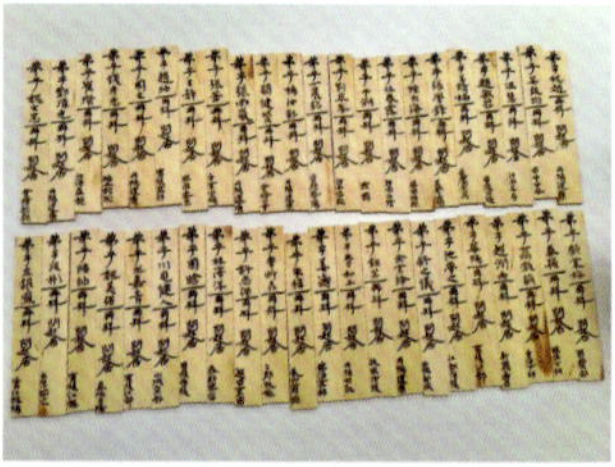

图1	图2
图3	图4

手持名刺，身过安检，顿生穿越之感。江东吴儿，虽才情常质，然无须望秋先零。

评论精选

辉色记忆：您的弟子都自带标签，六朝博物馆可当文创产品开发。

大芗：至为钦佩！

清河旧望：可谓建业一时盛事。

阿蛮：名刺真挺费工夫的，读书班赞！

文静：还有冯慧的创意。

补记

“宁饮建业水，不食武昌鱼”“才情常质”“望秋先零”等均出自《建康实录》，名刺则仿自朱然墓出土遗物。

曾祖母姓眭

2017年10月4日

耄耋老父自编了《云阳麦溪张氏支谱——克家公派祈公分仲康公支友字支系家乘》，上自始迁祖南宋叔千公第二十一世友楷公至第三十一世之支谱，计十一世。乘长假陪同父母回归久别的故里——丹阳麦溪，分发给各房子侄。昔日相府门头，今朝寻常巷陌，雕梁画栋，皆成了断墙残垣。面对破败的乡村，感慨万千！驱车前往邻近的柳茹村，那里的古村面貌保存得较好，村中有眭氏节孝坊，我家曾祖母亦姓眭氏，一个稀见的姓氏。

评论精选

樊老哥：回老家的感觉肯定好极了，尤其是陪着父母大人同归，更是妙不可言吧！

图1	图2
图3	图4
图5	图6

麦溪桥

節孝坊
明執操

鬼脚七：麦舟行麦溪桥。

望江喻文：闲来垂钓麦溪上，坐看稻浪翻起时。

发动机：图2最有古人所说的野趣、真趣，比现在流行的水泥驳岸加垂柳组合美多了。

补记

故里麦溪村名的由来，已见前说。恭请第十二修族谱事，亦见前述。麦溪张氏宗谱初修于明嘉靖辛酉（1561），当时合族已有八百余丁，麦溪一村已难以容纳，于是枝开叶散，明末已分为三十六处，清代又增十余处。麦溪宗祠共辖三十六个分支，其中二十四支徙居他地，仅十二支留居麦溪。民国时期丹阳县有“富贵三城束，人丁麦溪张”之谚，可见人口之众。图1为村东简渎河上的麦溪桥。图2为沟通简渎河与村里的下长沟。图3是第十一修麦溪张氏宗谱修纂地点——文秀才府，现已坍塌。图4为无人居住的老宅。图5为建于明万历年间的麦溪大巷，上铺黄麻石，下为排水道。图6为邻村柳茹的眭氏节孝坊。

虎坊桥夜半一支烟

2017年10月10日

不日要去北京，翻出了老照片，回忆往昔。在交通如此便捷的今天，想起29年前即1988年10月第一次去北京时的艰辛。鄙乡吴儿，买不到南京开

图1	图2
图3	图4

往北京的直快，只买到了无锡开往包头的普客硬座。晃荡了24个小时，子夜过半，才到了一处类似县城火车站的月台——北京南站。同学、舍友达力扎布来接站，没有公交，没有出租，我们步行到他的寓所虎坊桥菜市口已是凌晨三点。10月北京的凌晨已经很冷，寒风中，达力说："给我支烟！"回程票当然也买不到。我在人大附近的预售票点排了三个晚上的长队，依然没有买到回江东的车票。无奈之下，我们只得先到济南，然后再购票辗转回江南。以后便甘于莼鲈，扬波江海，不再有进京之念。

这是我第一次到北京，也是母亲唯一的一次首都之行。

达力，你还好吧！

评论精选

梅田：感慨良多！

大芗：张老师太帅气了。原来您和达力老师是同学！

alora凤冉：透着浓浓的江南人的自豪啊！

麦舟回复alora凤冉：如果张翰、顾荣、陆机兄弟入洛顺利，就没那么多故事了。

翠芳：没有折腾就没有这般美好的回忆了。

承志：原来达力是你舍友啊，代问他好！

江南回复梅田：你们人大售票点还在吗？代张师重游，忆苦思甜。

永安加福回复江南：人大东门外南侧那个售票点早就没有了吧，我也去熬夜排过队，为回家太不容易了。难怪张师几十年不肯北入。

范步兵：读博时（2005年），为了一点不怎么重要的事情，着急回太原，我一路站了23个小时。

麦舟回复范步兵：我金鸡独立从洛阳一路站到渭南，1985年。

Dr. Wujie：好似朱自清的散文。

补记

"弹指一挥间""日月如梭""今胜昔""日新月异"等词汇一股脑儿地涌现在了眼前。

图4摄于1986年秋天的南大汉口路门口，左为达力扎布，右为王培德。还有两位家住南京的舍友卞朝宁、邱禹，他俩不太来宿舍，平时就我们仨一起出入。

萝卜缨子

2017年10月11日

中午与鹿兄共餐，脂膏毕备。欲今晚断食，以养腑脏。归途，见一农妇于街边售芜缨，间苗所得，极贱，遂购若干。洗净，细剉，撒盐少许，上下簸动，使与菜和。置之一刻，手轻揉捏，挤出水分，置碗中，淋少许酱油，以就稀粥。此齑略苦，微辛，入肝胆经。

评论精选

香莴苣2号：试以五香干丁拌之，油炸花生碎（略带油分）淋之。

麦舟回复香莴苣2号：毛豆米油炒更佳。

大芗：会吃。

麦舟回复大芗：物以稀为贵，能做的或能想到的吃客已经不多了，奢侈的一品。

图1	图2
图3	图4
图5	图6

天然
醸造
天然醸造

王小简：这个菜小时候外婆会做，但我一直不知道叫什么。

梅田：鹿兄是长安小鹿吗？

麦舟回复梅田：是的，小鹿兄明日归终南，说受不了江南的换季。

Jiaoyan：想到张岱写的“蟹会”，他吃的膏腴仙供，你吃的天然芜缨；他吃得酒醉饭饱，你吃得肝胆清苦。风味虽殊，然风雅无异！

卓美：好多好看的萝卜啊！

麦舟回复卓美：我特喜欢萝卜，餐具中带萝卜图案的也特别多。

补记

所谓“芜缨”，就是萝卜缨子，卖个酸腐而已。现在生活好了，但肠胃须时时清扫，断食一日是较好的选择。稀粥盐齑，虽无甚营养可言，但一则可清理腑脏，再则忆苦思甜，清除精神垃圾，免生贪欲。

图 1	图 2
图 3	图 4

北京的蓝天

2017年10月17日

感谢京中诸友的热情招待！

北京秋日的蓝天，令人沉醉。带着好心情寻访云居寺房山石经。

评论精选

鹿鸣：学会了剪刀手，这是渐染寒风啊！

麦舟回复鹿鸣：渐染春风（似剪刀）。

夏日炎炎：这两天冀中南阴雾缭绕。

正军回复夏日炎炎：空气最差莫过冀中南。

鲁心公：金秋好时节，张师爱云居。

补记

受中国人民大学李梅田、刘未二先生的邀请，参加人大北方民族考古研究所主办的历史考古沙龙第十四次活动。讲了个老话题，深表歉意！京中诸友闻风而动，心生感激。2017年10月25日的《澎湃新闻》“私家历史”栏目刊发了超长会议纪要《一场关乎“生”与“死”的讨论：魏晋南北朝的都城与陵墓》。

京郊蓝天白云，与京中诸友走访房山云居寺及藏经洞，远眺燕山，想象一路南走的太行山，顿有壮美之感！

碑林930年华诞

2017年10月30日

秦汉子，唐琵琶，西安碑林迎来930周年华诞。平生第一次“逃会”，真是上年纪了。

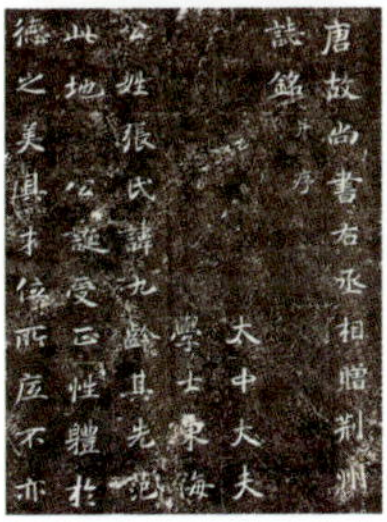

图1	图2
图3	图4

评论精选

亮亮吉：今天长安城真是千里逢迎，高朋满座。

清河旧望：与会者都是执金石学牛耳者。

麦舟：出酒店往南，上狗脊岭，穿过春明门大街，眼前就是平康坊。

大芗：坊门还没开，这位大人要不要到小的店中来碗胡饼？

麦舟回复大芗：胡饼在西市，太远。

默龠："秦汉子"是什么？昨晚读《资治通鉴》，偶然发现有秦汉子的解释："俗谓之'秦汉子'，圆头修颈而小。"

麦舟回复默龠：就是"阮咸"，秦汉时传入中国的琵琶，故曰。

夏日炎炎：您逃哪儿去了？

麦舟回复夏日炎炎：丹凤门遗址和正在发掘的永福坊以及夹城遗址。

鹿鸣：不呼朋引伴，独乐乐就是您的不是了。

补记

2017年10月29日碑林博物馆举办“西安碑林930周年华诞学术研讨会”，920周年时未能出席，这次终有幸参会。碑林博物馆为这次大会专门安排了“桃花依旧——唐代诗人墓志特展”，见到了数十方与唐代诗人相关的墓志，其中有广东韶关出土的先人张九龄墓志。

30日回南京前，有幸参观了已经整治为博物馆的丹凤门遗址和西安考古研究院正在发掘的唐长安外郭城东北角郭城墙、夹城、永福坊（十六王宅）遗址，郭墙的宽度、夹城的位置、夹城内通道的宽度、坊墙的宽度等一目了然，收获巨大。

深夜食堂

2017年11月29日

第一次来南京的友好城市名古屋。上午，弟子尾关圭信带着我去名古屋城转了转。下午，在名古屋大学拜访森正夫、黄冬兰等教授，交流大学信息数字化的进程。晚上森先生赐宴，然后是深夜食堂。

图1 图2

图3 图4

评论精选

古古风：猜一猜图4中两位老师在讲什么语言。

本草回复古古风：五魁首。

堃堃：深夜食堂吧！

范步兵：第一季里的牛油拌饭让人难忘。

熠熠：老师像在和漫画里的老爷爷说话。

麦舟回复熠熠：我想到的是《水户黄门》里的主角。

东东：那个老人是谁啊？

麦舟回复东东：不认识的人，其他食客，竟然聊了三个小时。

东东回复麦舟：这都能聊得起来啊！

补记

图1，于名古屋大学。图2，冷雨中名古屋城石垣上的秋色。图3、图4，深夜食堂。图4中老人自称是尾张藩藩主的后人，谈了好久好久，喝完了店家“鱼道”所有的生啤“白德乃香”。经人提醒，壁上的挂钟显示是次日一点二十分，果然是深夜食堂。

奈良秋色

2017年11月30日

再访奈良，留住最后的秋色！

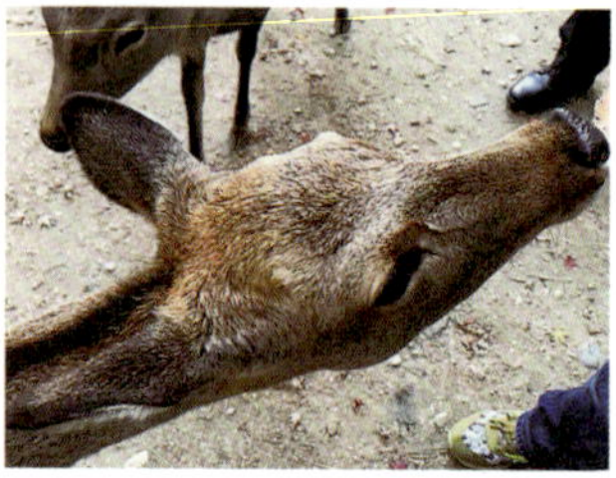

评论精选

圆圆脸大眼莹：好像在画中。

文债七十万：最美不过奈良红。

悫宁：老师办个摄影展，我负责收门票。

菅原舜水：印象中总有托钵僧站在那里。

高明：首图见老乡。

麦舟回复高明：他不是你老乡鉴真，是行基和尚。

高明回复麦舟：发型都一样，哈哈。

补记

不知去过多少次奈良了。1993年春到京都后，因我的身份保证人村尾先生一家寓居奈良县天理市，后虽然迁居橿原市，但依然在奈良县境内，所以来回无数次，对近畿铁路奈良线了如指掌。线上最长的地名是“桃山御陵前”和“橿原神宫前”，日文均为8个音

图1	图2
图3	图4
图5	图6

节。从京都出发，一路上，东寺、伏见、丹波桥、桃山御陵前、平城、西大寺、五条（唐招提寺）、西之丸（药师寺）、大和郡山、亩傍御陵前、橿原神宫前、明日香（飞鸟）等，均是文化遗产分布地。这次时间紧张，抽得半日闲，从兴福寺（图3）经猿泽池（图4）到东大寺。图5有《聪明的一休》中山寺的即视感。图6是奈良国立博物馆旧馆舍，古都中难得一见的西洋建筑，每年秋季正仓院展就在侧近的新馆举办。

一如既往

2017年12月1日

苍穹下，去宇治买茶。东山一条、北白川、人文所东方部、校门、钟楼、百万遍、忘年会，一如既往。

评论精选

松斋：老师去宇治了，我还记得您上课的地方。

江南：致青春！

春明卜邻集：感觉张老师是被历史学耽误了的摄影大师。

麦舟回复春明卜邻集：考古学科出身，学过考古摄影。

大艺：张老师就应该生活在这样的画风里。

发动机：平等院凤凰堂真令人向往。

文杰：图5右边那位我还以为是朱棒。

麦舟回复文杰：是我师弟古松崇志，他属蛇，长着美人蛇脸。

京都大学
KYOTO UNIVERSITY

补记

京都一日。上午，乘京阪线去宇治买茶，满街的茶香把人再次引往街市的深处。看了眼平等院凤凰堂，过宇治大桥，远望曾经处馆（民间中文班）7年的公民会馆。下午，往北白川京都大学人文科学研究所拜访过正博、古胜隆一等，再次进入人文所图书库房，震撼！夜幕降临，穿过校园往百万遍，在去过不知多少回的居酒屋“门”落座，与老友一起忘年。

图1，宇治平等院凤凰堂。图2，京都大学人文科学研究所东方部内庭。图3，宇治川周边的山峦秋色。图4，夜色下的京大校门与钟楼。图5，忘年会上与老友福原启郎和师弟古松崇志。图6，宇治平等院内的枫茅。

图1	图2
图3	图4
图5	图6

阳台四季

2017年12月5日

余所居龙江寓所，高三十四层，余居十九层。东向有阳台，凭栏远眺，高低错落，尽在眼底。环

城皆丘壑，北自卢龙，经幕府诸山，东至紫金山头陀岭。南则梅岭、天阙，秦淮贯其中。余昼夜劳碌，日不暇给，明山绿水，无缘亲历，每于阳台伫望，随四季轮回，赏云卷云舒。今时近岁暮，录平素所摄数帧，以纪丁酉之岁。

评论精选

二三子：真有心啊！

麦舟回复二三子：人生本寂寥。

崔秦子：我想出本《“男神”日记》了。

venven小文：张师不经意间给楼盘打了一个好广告。

清河旧望：龙江二手房每平方米会因此暴涨五千。

朱子槿：这个照片和文案真是让人拍手称绝。

亦陶回复崔秦子：你帮“男神”把微信朋友圈的内容出版。

图1	图2
图3	图4
图5	图6

左帅：风水美墅。

火山上的芭蕉树：端的气象万千。

jiaoyan：最佳阳台照！足不出户，明山丽水争献眼前；相对两忘，读书写作自可消遣。

卓美：原来是高级景观房。

麦舟回复卓美：虽是草庐，但要活出广厦的内容来。

补记

没想到，当年崔秦子与亦陶的对话，今天终成现实，就是这本小书《麦舟的朋友圈》。

殷都与邺都

2017年12月31日

《诗经·卫风·氓》:“淇水汤汤,渐车帷裳。”这是一个先秦时期有故事的地方,也是郭宝钧挖墓

图1	图2	
图3	图4	
	图5	图6

的地方。图1，枯水期原生态的涓涓淇水。图2，被漳河淤沙深埋的邺城遗址渐露面容。图3，“邺”这个地名如今依然被广泛使用着。图4、图6，勤勉认真的沈丽华君特地从北京赶来，仔细为我们讲解了邺城宫城遗址的发掘情况。图5，浚县辛村，学考古的没人不知道的地方。

评论精选

jiaoyan：河南处处是古迹，有机会我也去淇水看看。很喜欢读《淇奥》，如今淇水边还有竹园吗？

Qianwy：内容好看。问候新年！

芳芳：看清老师手里拿的是手套而不是保温杯，我松了口气。新年安好，老师！

hubaohua：辛苦了，考古也要这样争分夺秒吗？

麦舟回复hubaohua：来接实习的本科生回校，顺便带他们参观一下。

鸽子：学者就是和我们不一样，今年的最后一天都还在努力。祝老师天天开心！

酒缸：董师弟也在考古工地？

麦舟回复酒缸：董师弟在此四个月了。

补记

2017年12月27日携弟子赵润雨到郑州。次日，老同学胡永庆驱车将我们送至鹤壁。30日，在带队老师张敬雷的指导下参观学生们参与发掘的两处工地。工作正在扫尾，学生们忙于整理发掘资料。31日，带学生们前往河北临漳县邺城考古工地，在这儿度过了2017年的最后一天。沈丽华君是南大考古培养的优秀本科生，后在社科院考古所读研，毕业后留所工作，主要从事邺城的发掘与研究。

2018年

了工酒

2018年1月2日

2018年的第一天，也是学生实习的最后一天，工地的收尾及发掘资料的整理仍在进行中。晚上是了工酒，14道菜，晚饭后很多同学还在通宵作业。2日上午，南大校车等候在门口，装上行李，接下来将是9小时的路程，估计天黑时分可以过江了。

评论精选

李院：张大厨开门红！

hubaohua：学锋厉害，还有一手料理的功夫！

麦舟回复hubaohua：最多时一人能备30人的饭菜，我就是一厨子。

武皇：虾也要摆得整整齐齐，一定是张师风格。

图1	图2
图3	图4
图5	图6

南京大学
XMQ6129Y2
苏A·35270

丹丹：您亲自掌勺？

麦舟回复丹丹：我只做了几道，你应该可以看得出来。

丹丹回复麦舟：油爆虾、红烧鱼？其他看不出来了。

麦舟回复丹丹：正解！还有古老肉、凉拌莴苣、毛肚炒青蒜。

浩晖：回学校咯！

冰火回复浩晖：心情是雀跃的，哈哈。

寱宁：老师退休后若在仙林开家餐馆，和园的饭馆估计要倒闭一排。

畏新：张老师现在在哪儿啊，还亲自掌勺？

麦舟回复畏新：河南鹤壁考古工地，最后一晚了，做点给学生们尝尝。

songxiao：当年我为何不考这个游山玩水吃喝玩乐的专业呢？

樊老哥：教授亲自下厨，这样的先生上哪儿去找！

Qianwy：在这样的场地，也不忘把虾摆得这么好！

麦舟回复Qianwy：即使条件再艰苦，也要把生活过得像诗一般！

雪斋读书

2018年1月5日

该跑的地方都跑了，该上的课都上了，该开的会都开了。雪斋读书，是为了明天本学期最后一次读书会。一年就这么过去了。最后的“梅香苦寒”图来自友人彭曦。

评论精选

学军：看张老师的读书批注，赏心悦目！

丁非新：图4已存，转给我现在带的娃娃们以及自己学习一下。

二三子：雪不在多，雪斋甚雅，雪乡颇俗。

马然：《建康实录》留着啊！有眉批的好宝贵！堪比宫崎的《晋书》！

麦舟回复马然：一定会留着的，让后人换顿酒钱！

鹿鸣：大师的文集一般都有手稿书影。

shuidihu：张老师这个读书笔记太帅了，值得收藏！

冰火：图5您隐藏在人群中，不知道的肯定以为

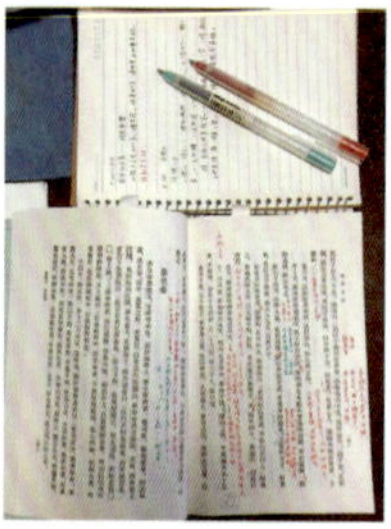

图 1	图 2
图 3	图 4
图 5	图 6

前排坐着的王博士是老师呢！

泽洋回复冰火：师兄，你要注意到桌下的弯曲腿。

Peng：图3是开美术研讨会吗？色调统一。

强哥：图3，男人的情怀：海之蓝，天之蓝，梦之蓝。

麦舟回复强哥：强哥，你太聪明了！

补记

图1，2017年12月31日与学生在郯城。图2，窗台上的积雪。图3，去年12月18日在无锡冯其庸纪念馆与张伟然（左）、沈卫荣（右）鼎谈。图4，《建康实录》读书笔记。图5，本学期“隋唐考古”结课。

“长毛”后代

2018年2月12日

故里丹阳麦溪婶婶近日病倒，幸转危为安，因此倒扯出好些老话来。婶婶姓韦氏，丹阳县丈山乡王师岸村人。家父年轻时经常听韦氏娘家人称自己

图1 图2
图3 图4

是“长毛”的后代。“太平军”被平定后，许多来自广西的起义军在江南丹阳、金坛交界处的旷野隐居下来，他们通常在废砖窑上盖上茅草躲避风雨，故王师岸村附近有窑头篷、南窑头、北窑头这样的小聚落，村民口音至今不与土著同。有方言研究者认为部分丹阳方言中有广西话的成分，道理即在于此。韦氏迄今繁衍数十户，没有宗祠，没有祖茔，在土著看来是典型的外来人口。

韦氏1962年嫁与小叔麦溪张氏能升公。张氏为明清以来丹阳望族，丁口众多，乡勇成群，清朝咸同间在和春江南大营者多，至余儿时家中尚有传说中的“杀长毛刀”。族谱中第二十二、二十三世族人名讳下标注“被掳”者极多，均为与“太平军”对战中丧生而不知所终者。府邸敦叙堂亦半毁于“太平军”，半毁于日军。噫！不想“长毛”之后能入名望之家，世事之无常矣！

评论精选

凉凉：竟然还有直说自家是“长毛”后人的，不应该“制造”一个祖先吗？

老张毛：我家长辈中有两位去打“长毛”，结果没回家。

林所：王师岸来头不小，我姑妈就嫁在窑头篷。

亦柳：家史、族史、地方史，三史合一，述论一体。立论明确，脉络清晰，论据充分，文字简洁，是一篇短小精悍的田野考察小论文。

强哥：明代广西韦氏多次带领土民叛乱，朝廷镇压，掳掠一些小孩到宫里当太监，其中有不少韦姓。2016年天隆寺发掘的那座孝陵神宫监的韦太监就是。

左帅：风俗志外编。

补记

图1，中为婶婶韦氏，左为其儿媳延陵俞氏，背景为在祖屋敦叙堂旧址上新建的住宅。图2，民国时期麦溪小康之家典型的家屋正门。图3，人去楼空的麦溪村，留居的老人在废墟上种些蔬菜度日。图4，始建于明万历年间的麦溪张氏宗祠院内，大麦离离。

斯文在兹

2018年2月15日

每年除夕祭祖，老母叩头时总会念叨一声："列祖列宗，今年又是博士孙子给你们做的年夜饭噢！满足噢！"老父八七叟，三跪九叩还不要人扶，我们更满足！

评论精选

窸宁：看到老师发的朋友圈，往往感到"斯文在兹"。

鹤归来：祝张老师和全家人新春快乐，代我问候你母亲，祝老人家福寿多多。

小蒋老师：看来在母亲的心中，博士比教授尊贵！

清河旧望：监礼官奶奶看上去精神矍铄。祝阖府幸福，万事如意！

文静：博导做的年夜饭我们看看也很满足，您身体健康我们更满足！

嘿姆嗨姆：青菜豆腐、红烧鱼，供祖宗必备哦！

邵三石回复嘿姆嗨姆：是你们丹阳必备。

节前大排查，给家人一
贴心更省心

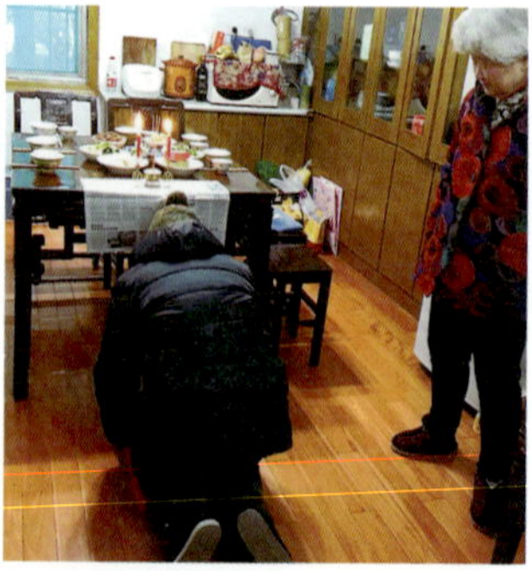

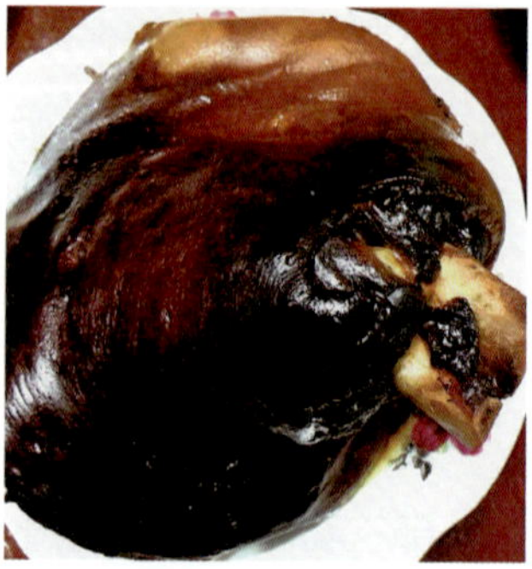

月出皓兮回复嘿姆嗨姆：忘了嘿姆嗨姆也是丹阳望族了，是吧。

鹿鸣：红烧划水、炒雪冬，正宗江南人。

江南阿狗：酱蹄髈怎么做啊？

麦舟回复江南阿狗：师兄啊，酱蹄髈做起来不容易的，你回国后我给你快递一个。不过要想吃到嘴里，得请我进京三日，否则不得此美味。

补记

自读高中起，我就基本承包了家里年夜饭的烹制。料理的鸡鸭鱼肉都以几十斤论，该腌的腌，该酱的酱，该鲜的鲜，加之蔬菜、豆制品、熏鱼、蛋饺，总得连续忙个三四天。现在有些力不从心了，想吃的越来越少，能做的也越来越少。

图 1	图 2
图 3	图 4
图 5	图 6

祖母的嫁妆

2018年2月18日

八仙桌、靠背椅、骨牌凳、春凳、杌凳、四抽台、三抽台、绕脚凳、大床、大柜……这组家具是祖母马氏（光绪丙午年生）1924年出嫁时的嫁妆，

图1	图2
图3	图4

至今已近百年。马氏，丹阳县行宫乡马场人，外家为举人之家。祖母出嫁时，单家具就“五车两扛”。榉木打造，材质并不算好，但大部分家具一直使用至今，榫卯纹丝不动。当年，曾祖父国榜公（同治丁卯年生，孺人肇达眭氏，同治庚午年生）为幼子贤文公（名元锦，光绪甲辰年生）的婚礼大操大办，没想到贤文公37岁就归了西，比曾祖父走得还早。贤文公与马氏生九子而不育，为续香火，以长兄贤吉公（名元昌，字子瑞，又字凤鸣，光绪壬辰年生。孺人横塘司马氏，光绪甲午年生）第三子为嗣子，是为家父。

评论精选

默畲：建个博物馆陈列起来。

正军：这张桌子的花纹跟我老家的一模一样，我家的据说是我爷爷当年从地主家买回来的。

菅原舜水：我在家用的椅子就是这种靠背椅，书桌是三抽台。

孟大哥：这样的老家具，这么完整，保存得这么好，实属不易。榫卯这么结实说明当时选料和做工都很讲究，留着传家吧。

麦舟回复孟大哥：眼看就没人传了。

丁非新：这套家具在绍兴的古董市场应该是十万起步。

寈宁：果然是大户人家，贫穷限制了我的想象力。

相平：一个家族百年的历史见证。

补记

我最早的记事是，一群座上客围着我说：“啊呀，都有八仙桌这么高了嘛。”桌子高80厘米，80厘米高的幼儿是几岁，我母亲都记不起来了。

翻译训练（一）

2018年2月27日

一位京都大学的在读生，在京大入学考试期间，私自在校门口立了一块牌子，要求将牌子上的这段话译成英语。在此，我将它译成汉语。

各位考生：

大人物说的话不可能全对。大人物为了守住自己的立场，会轻易地说谎，抹杀真相。所以，不能轻信他人的言辞，希望你们凭自己的学力去追求真理，明辨是非。真相是要靠自己的眼睛去判断的。这就是所谓的大学。各位考生，加油！

一个为京大担忧的京大学生

评论精选

zhu-mang：我昨天就在这个门前瞥到了一眼。

发动机：想到了孟子的一句话："说大人，则藐之，勿视其巍巍然。"

竹西佳处：这段话所追求的境界我们在中国五四运动时就学来了，北大学生曾经孜孜以求过。

taketo86：我听京大的千田说了，校方说破坏了景观把牌子撤除了，并且规定今后也不准摆放。突然觉得有点儿寂寞！

翻译训练（二）

2018年10月3日

翻译训练：不要轻信教科书，始终抱着怀疑的态度，去追求问题的真相，这才是最关键的一点。

图1

图2

评论精选

左帅：某个阶段，我们也曾怀疑一切，不过却要打倒一切。

麦舟回复左帅：新见解就是拿来供人批评的。

宜兴成任区：尽信书则不如无书。存疑求真，道之本也。

补记

这条朋友圈是2018年10月3日的，因与前条相关，前置于此。

京大教授本庶佑先生是2018年诺贝尔生理学或医学奖获得者（图1），虽年已耄耋，但仍然活跃在研究一线。我在京大的导师、著名秦汉史研究者永田英正先生，与本庶先生是连襟。师母姊妹都嫁给了著名的京大教授，在日本社会享誉至极。图2，1998年1月2日，永田先生邀我与拙荆到他岩仓家中过年，同时邀请了“病猫儿斋”主人小南一郎先生。右二为永田先生，右四为小南先生。

春天的美味

2018年3月25日

季节的味道是让人最难忘怀的。

酱肉，姑苏城里人并不是非常熟悉，倒是吴江人对这一味乐此不疲，大凡鸡鸭鱼肉，似乎都能变成酱货。稍微腌渍后，放入酱油缸内浸泡数周，取

图1	图2	图3
图4	图5	图6

出悬于屋檐下。寒冷的西北风收干了肉质中多余的水分，干香美味的酱肉就能入笼蒸食了。开春后再食，更能激起人们对年味的回忆。

春笋也正合时令。嫩的笋尖可以稍煮后当刺身；中部可以油焖后与清炒菜薹搭配；根部较硬，可以与莲藕、胡萝卜、香菇等长煮，做成杂煮蔬菜。偶尔吃一次春韭，味道还是相当不错的。

新摘的菜薹，尖上缀着些许黄花。洗净下锅翻炒，只需用盐来调味，瞬间变成了略带苦味但清香四溢的美味，夹一筷在白米饭上，如翡翠般诱人。长大的孩子，无论离家多远，只要到了这个季节，一定会想起家人围桌共餐的温馨。

评论精选

二三子：一看就是自给自足。

半生瓜：想起了《汉唐考古与历史研究》的豆瓣评论。

何老师：酱鸡、酱鸭、酱肉似乎更偏向浙系菜。

马然：张兄日子过得不要太好哦！有这几样，说实话，国宴我也不去！

范步兵：《粗茶淡饭一壶酒：一个中古史学者的日

常生活》应该有出版社感兴趣吧！

麦舟回复范步兵：好，由“范氏义庄出版社”出版。

鹿鸣：张老师下厨做饭，我包销一百本，先排队！

本草：一看文字就开始自动脑补《舌尖上的中国》旁白。

文心：酱肉下面垫的是百页吧，浸润在酱肉汤汁里，想想都馋得吃不消。还有菜薹，明明有点儿苦，却根本停不下筷子。

感谢人民感谢自己

2018年4月19日

1993年4月21日，踏上东瀛国土，友人村尾进亲来机场迎接。从大阪到京都，坐京阪线，车过东福寺站，地上铁突然变成了地下铁，看到七条的站

图1

图2

名时，确定自己已经在千年古都的地下了。当时的羡慕难以言表，心想哪天我国也能这样就太好了。尔来20余年，这样的情景在我国已是常态。感谢人民的努力！也感谢我自己的努力！

评论精选

一苇：赞歌嘹亮！

ZHM：第一次看到中华门城墙时也对南京人民羡慕不已。

大芗：京都的第一眼真的令人难忘。

承志：还以为到了京都呢！

杭州论学

2018年4月22日

门下有许生者，日前谓余曰：所谓“历史考古”者，非考古学研究中运用历史文献之谓也，谓必须掌握历史学研究全貌者也。此言深得历史考古研究之精髓！

图1	图2
图3	图4

评论精选

永安加福："长腿许"真高，赞！

飞狐回复永安加福：我先去伸伸腿再说。

飞狐回复麦舟：真的是高度决定认知。

强哥：原话水平比这个低多了，还是张老师总结得好。

hubaohua：很久没见到朱雷先生了，看上去很好啊！

麦舟回复hubaohua：80多岁了，坚持从头听到尾！

永超：拜求先生文稿。在韩国学习，最大的缺陷就是缺乏历史学训练，以后要努力加强了。

fox：终于熬到能在前排就座了！

麦舟回复fox：头发都白了！

补记

2018年4月21日至22日，浙江大学召开"文明交往的意义——以'一带一路'为中心的历史与现实思考"高层论坛，应刘进宝教授之邀出席。提交论文《"百济遗民"还是"新罗移民"——连云港土墩石室墓墓主群体身份的再辨析》，基于连云港新刊资料及近年关于这一问题的各种学说，在旧稿的基础上展开更深入的探讨。该文刊登在浙江大学“一带一路”合作与发展协同创新中心、刘进宝主编《丝路文明》第三辑（2018年10月）。韩国徐呈锡译成韩语，于次年2月发表于《百济文化》第六十辑。

山阴道上的放飞

2018年5月9日

今天在鼓楼校区上了5个小时的课，课后骑了辆哈啰共享单车回龙江。很长时间没骑车了，顿时有种少年放飞的感觉。山阴道上应接不暇啊！

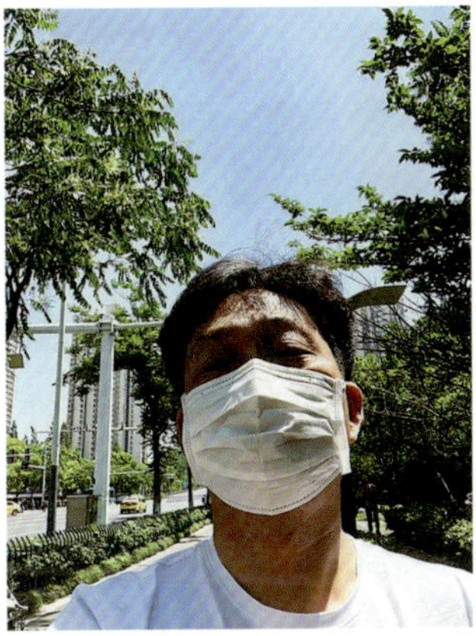

图1 | 图2

评论精选

大芗：山阴路上的飞驰少年，赞！

麦舟回复大芗：而且还是白衣郎，哈哈！

西茉纳：山阴路的夏天。

本草回复西茉纳：那首歌实在一般啊。

西茉纳回复本草：我也感觉一般，可是是关于南京的啊！

Peng：这天路上戴口罩的不可能是少年。

麦舟回复Peng：总有一天会全员戴口罩，公众的健康防护意识会提高。

马然：这口罩防尾气管用吗？

麦舟回复马然：口罩虽小，遮得许多丑！

半生瓜：下次我该在山阴道下置酒迎接。

补记

没想到2018年5月9日在朋友圈中回复Peng的话一语成谶，2020年春节后全员戴上了口罩。

魅力考古

2018年5月30日

从今晚开始连续四周，为大类制招生改革下的人文艺术类大一学生讲《魅力考古》。该课本意在宣传学科，期待在学生选择专业时分一杯羹。但大一学生此时专业已基本选定，一些院系车水马龙，一些院系门可罗雀。

评论精选

武皇、TONG. Ling、LIU XUE JUN、小蒋老师等：赞图3。

亮亮吉：图3太有内涵了。

麦舟回复亮亮吉：人生写照，刻骨铭心。

戴老师：仔细看，那个迷茫的状态和鲁迅先生的侧影有点像。

大荮：作为迷弟，不知如何表达崇敬之情，特别是第三张。

历史中一只安静的废物：可以靠人格魅力拉人。

学军：赞图3！如果张老师将PPT换成素色模板，

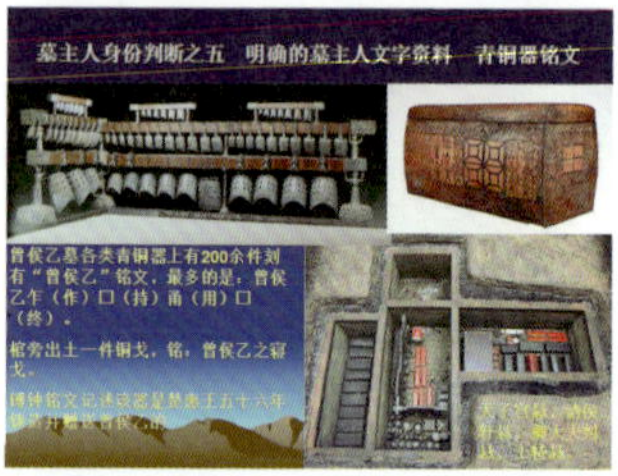

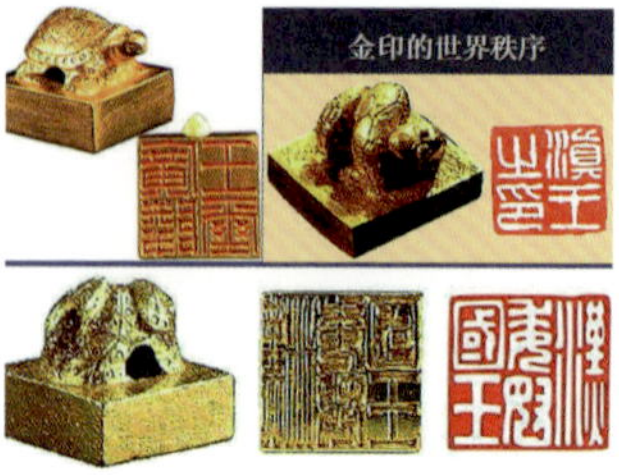

图 1	图 2
图 3	图 4
图 5	图 6

效果会更好。

辉色记忆：都在赞第三张，我每张都赞！

达志：也努力学过考古，也曾经迷茫过。

默龛：也曾迷茫过，也曾清醒过，也就看得淡了。

毛主任回复默龛：始而“文青”，继而“愤青”，最后“杀青”。

麦舟回复毛主任：这般人生，寥若晨星。

扬一益二：请允许我盗几张图丰富我的PPT（会注明出处的），谢谢老师啦！

补记

所谓“大类制招生”，是将全校院系按专业方向分成几大类，以大类名义进行招生宣传，录取学生，大一结束前按学生志愿分流到各个院系。南京大学原文、史、哲与新闻传媒、对外汉语教育合为“人文艺术大类”。2020年，文学院首先宣布退出大类制招生，鄙人所在的考古专业也开始在大类制招生之外提前批次招生。

阳台四望

2018年9月9日

图1，远处是江边的幕府山，三国孙吴时期的买地券上写作“莫府山”，后又写作“白阜山”，其实读音都一样。但很多人相信传说，将之附会为王导于此开幕府。图2，远处的钟山，最初叫“金陵山”，后又称“蒋山”“紫金山”。金陵是典型的

图1 | 图2

楚式地名，与埋金以镇王气这类神鬼风水思想毫无关系。可见人们喜欢历史故事多于历史真相。其实，我就是想晒一下自家阳台的景色而已。

评论精选

兴山：这个阳台，满分。

江南：极目天舒。

左郎：水晶天，晒均价。

默奁：哈哈，绕啊绕，绕到自家的阳台。

樊老哥：小小阳台，气象万千。

教养是什么

2018年9月17日

早餐时间，观察一家四口温馨的就餐过程，感慨颇深。想到游客大闹瑞典宾馆的事，想到一些熊

图 1	图 2	图 3
图 4	图 5	图 6

孩子。还有多少父母每天在用心为小孩准备可口的早餐？即使带着孩子出来打牙祭，更多的也是父母在玩手机，时不时催促孩子快吃而已。

今天的会场在龙谷大学大宫校区，据说是全日本历史最悠久的大学。我第一次来这儿见谷川道雄先生，是1993年4月下旬。

评论精选

duduofu：熊孩子都是家长教出来的。

麦舟回复duduofu：有什么样的上一代就有什么样的下一代。

梅田：不仅有熊孩子，还有熊老人、熊中青年。

云中君：我只关注美食！

松陵庆华：一个国家，一个民族，教育何等重要！

领也君：今天日本敬老节放假，我也好久没看自己的微信了，跟老师沟通很开心。

补记

讲一个亲身经历：在南京寓所的电梯里，上来一对祖孙。男孩子五六岁吧，一上电梯便将按钮从第一层到第三十四层统统按了一遍，奶奶未加阻止。我和颜悦色地对小朋友说："你住几楼啊？"小鬼冒着眼珠子看我不回答。奶奶这时对小孩子发话了："不能瞎按噢，你看，这个爷爷会骂人的。"我只能苦笑而已。一个人没了内省，一个群体没了内省，我们拿什么拥抱文明！

图1	图2
图3	图4
图5	图6

“大和路”沿线

2018年9月18日

今天考察的线路，是古老的“大和路”，或与《万叶集》同龄。一张废弃的桌案上，长出了许多小

肉芽，放大后，俨然是菌菇的森林。天高云淡，稻香满周遭，秋色悄然上枝头。

评论精选

沈馆长：您在仰望什么？

麦舟回复沈馆长：天上的云。

沈馆长回复麦舟：带一片回来。

麦舟回复沈馆长：中国有很多。

沈馆长回复麦舟：可能不同时间看到的还是同一片，如果云认人的话。

江南：老师何日归金陵？

麦舟回复江南：周五夜半。

江南回复麦舟：错肩而过。

立君：没胡子的张老师最帅！有胡子的张老师最帅！

麦舟回复立君：功夫了得，一掌拍二人。

补记

留学时经常来奈良。记得我刚到日本的1993年春天，住在友人村尾进家，奈良县天理市おやさと23号馆。村尾双亲尚在，一天下午，老人家带我出门散步，途径收藏七支刀的石上神宫，神宫旁有西山古坟，于是我们登丘远眺。此时下起了小雨，村尾妈妈擅长写和歌，即刻吟了一首，其中有一句我至今记忆犹新，“未料白头妇，今日再风流”。第一次感悟到六朝语意上的“风流”，竟然出自一位东瀛老妪。

麻吕与彼岸花

2018年9月19日

由于日本自奈良时代就推行火葬，此后就没有我们想象中的墓葬了。每到一处考察，都只能见到

一块“史迹”保护碑(图2)。麻吕，音“maro”，汉字又写作“万侣”“麿”等，原是古代新罗语，意为男子、男孩。古代大和人常以“maro”为名，亦可见其祖源。中国人最熟悉的应该是阿倍仲麻吕(Abe no Nakamaro)。

这个季节，是彼岸花的季节。彼岸花又称“红花石蒜”或“曼珠沙华”，说是盛开于地狱，令人联想到“彼岸”。今日听闻新说：此花开时，不见其叶，一茎独立，顶戴红花；待其叶生，花已凋零不见，花叶永无相见之日，故曰“彼岸”。

评论精选

半生瓜：我们办公室窗外一丛彼岸花刚刚凋零。

丹丹：北大楼前有好多曼珠沙华，不知道还在不在。

柯南：maro是古新罗语吗？不知依据是什么？

麦舟回复柯南：日本的朝鲜考古专家说的。

图1	图2
图3	图4

运周：这个时节到处都能看见，原来是彼岸花啊！

jiaoyan：这不是小时候家里院子里种的螃蟹花吗？

老母：这种花我小时候也采过，但大人不准带回家，说是“鬼花”。

固体胶：看到“百度石”了，有“谷歌石”吗？！

补记

看到彼岸花，时节就到秋分前后了。图1是橿原神宫入口处的“鸟居”，其文化源头在中国古代的“百越”。

图1	图2
图3	图4
图5	图6

从大和到尾张

2018年9月20日

外游七日。今日看了黑冢（图1）出土的“铜出徐州师出洛阳”铭三角缘神兽镜（图2），雨中车过

明日香（又称“飞鸟”）村，拜访学界前辈橿原考古学研究所所长菅谷文则先生（图3、图4），享用了便当和香梨之后终可打道回府。越铃鹿之高岭，过名张之通衢，观倭妇之击鼓，入伊势之大海，直驱尾张之空港。路兼海陆空，命委天地流。距踏上乡土还有32个小时。

评论精选

春明卜邻集：六朝味道。

TONG. Ling：必须六朝风啊！

酒缸：老师们好像经常三人行。

麦舟回复酒缸：虽然不止三人，但“三人行”用得绝妙！

Kesh：没见焦老师吗？

麦舟回复Kesh：焦老师提前两天回北京了。

西茉纳：八九年前见过菅谷先生，精神很好。

麦舟回复西茉纳：去年年底大会发言时倒下，中风。

西茉纳回复麦舟：希望老先生安好！

东东：眼睛一眨，过去7天了。

江南：距我离开金陵还有26个小时。

马然：铜镜有纪年吗？

麦舟回复马然：怎么可能有！

补记

还是因为台风，来时取道东京，归途取道名古屋。原文中提到的铃鹿、名张、伊势、尾张等均是日本古今地名。因取道名古屋（尾张），第一次途经三重县首府津市（图5）。菅谷文则先生曾在北京大学留学。2017年底大会发言时突然中风，后略有恢复，坐着轮椅接见了我们。2019年6月18日仙逝。

断舍离

2018年10月2日

这一次彻底了，断舍离。原来这么多年，我都生活在身外之物的包围之中。虽言敝帚自珍，但终将舍去。各位亲朋好友，从今往后，别再赐下任何物品，你们的心意，就是最珍贵的恩赏。

图1 图2
图3 图4

评论精选

Mental o：要是我在南京就去乞点了，感觉里面有价值有意义的东西应该还不少。

马然：扔个东西都整理得整整齐齐，好习惯！

麦舟回复马然：方便他人，从此过极简生活。

于老大：借您的书还要还吗？

固体胶：一个纸箱能卖五六块。

麦舟回复固体胶：这是我对保洁人员的心意。

恩玉：大开眼界，大教授的家原来是这样的啊！

龙龙：大佬们随手丢的日记日后都可能价值连城。

Gangfengshao：剩下的都是精华啊！

麦舟回复Gangfengshao：剩下的是余生。

三栖四喜：建议同学们去选，留待拍卖之用。

补记

彻底的清理花了两天时间。也有舍不得扔的，那就是复印装订的36盒散见考古资料，一对穷留学生夫妇的京都八年。用大把青春岁月收集复印的资料，进入网络时代后已经完成了它的使命。作为一个时代的墓志铭，刀枪入库。

绅士的基本功

2018年10月27日

绅士生活的基本功——熨烫衬衣，你值得拥有！再偷半日闲。

评论精选

菅原舜水：我一般会委托洗衣店。

麦舟回复菅原舜水：社区周边洗衣业不甚发达。

大芗：确实是厉害的技能，赞！

麦舟回复大芗：延伸技能——保持良好的身材。

武皇：精致！

麦舟回复武皇：居家男人，难成大器。

窸宁：我只拥有一件衬衣，而且天天穿，怕是没有熨烫的机会了。

云中君：熨烫衬衣最难，送出去又怕店里不干净。我发现的秘诀是洗衣机洗完后不要晾干，而是趁半湿的时候熨，既轻松效果又好。

Api：美好的生活始于勤劳。这个装修调调，好清爽！

西茉纳：图4的包好看。

本草：求购同款帆布包。

麦舟回复西茉纳、本草：左大师私人定制，现在

图1	图2
图3	图4

已是第三版。

毛主任：自己洗衬衣的是绅士，自己洗又自己熨衬衣的是老牌绅士。鉴定完毕。

gongliang62：自己洗自己熨又自己穿。

麦舟回复gongliang62：自己不穿不就成了洗衣店了嘛！

补记

衣服都是便宜货，以优衣库为主。作为高校教师，我几乎没有穿T恤或运动装进过校门，这既是生活习惯，也是生活态度。在中国，很少有主妇会给丈夫熨烫衬衣，社区的洗衣店也主要承接羽绒、皮草、外套的生意，价格不菲。不知是否有一天，中国男士的日常衬衣会以白色为主，而不是以黑、灰或重彩、镶拼为主，当然艺术家完全可以除外。

绿缨冠红袍

2018年12月7日

园中有冬芜，绿缨冠红袍。烹作盘中餐，新香味不薄。

图1	图2	图3
图4	图5	图6

评论精选

jxq19610525：地主啊！

麦舟回复jxq19610525：友人送的，我无立锥之地。

马然：这手艺，赞！

麦舟回复马然：田舍翁。

东乡平：老师您做的菜都很养生。

良仁：教授有学问，萝卜叫冬芜。

好汉坡：吃出诗意可不简单。

麦舟回复好汉坡：是啊，吃个饭总得来个打油诗赞美一下吧！

补记

有一种古老的蔬菜叫“芜青”，后经长年改良，品种逐渐分化为莱菔、菘菜。莱菔二字既不好写又不好读，现在已讹成“萝卜”，食堂菜单上甚至写成“老卜”。菘菜后来分化成各类青菜及黄芽菜、大白菜，秋冬经霜打后的菘菜称“晚菘”，与“春韭”同为蔬菜极品。

三访邺城

2018年12月23日

在邺城。图1，磁州窑博物馆藏瓷碗。瓷碗内侧题“有花方饮酒，无月不登楼”，与六朝隋唐相比，宋金社会的平民化历然在目。图2，1988年所立全国重点文物保护单位“磁县北朝墓群”碑也快成文物了。图3，北朝美男兰陵王墓前的神道碑，已半埋在地下。图4，磁县申庄佚名墓前石刻，据称移过位，但当属东魏北齐陵墓前置石刻无疑。图5，据传为北齐神武皇帝高欢义平陵封土，乡人于冢上建祠，载歌载舞，一片神鸦社鼓。图6，东魏北齐邺都宫城遗址出土的覆莲纹柱础，完好如新。

评论精选

老钱：图4石兽是哪里的？有无正面？

堃堃：高欢祠还是家族祠啊？

麦舟回复堃堃：啥都不是，乡人找块空地建个庙而已。

荒原古堡：我也想问，石刻是哪儿的？

图 1	图 2
图 3	图 4
图 5	图 6

麦舟回复老钱、荒原古堡：位于磁县申庄村，仅剩一只，据说移过位，但估计相距不会太远，在磁县北朝墓葬区的北齐宗室陵区范围内。

好汉坡回复荒原古堡：在邺城外一村中，应是北朝墓前石刻。

荒原古堡回复麦舟：有资料发表吗？

麦舟回复荒原古堡：据说还没有。

补记

自己指导的一位博士研究生和两位硕士研究生2018年秋冬在中国社会科学院考古研究所邺城工作队实习，参与东魏北齐宫城和佛寺遗址的发掘。年底了，野外工作收官，带在校的几位弟子来接他们回校，并顺访洛阳。

神都洛阳

2018年12月24日

图1，久负盛名的中国社会科学院考古研究所洛阳工作站，这次考察在钱国祥、郭晓涛、石自社、韩建华、莫阳等各位老师的周到安排下，顺利结束

图1	图2
图3	图4

且收获满满。图2，考察西朱村曹魏大墓。图3，弟子林泽洋、朱祎、赵润雨在汉魏洛阳宫城太极殿遗址发掘现场。图4，与钱老阔步行走在曹魏明帝建宫时铺设的石板路面上。

评论精选

飞狐：老师把铺地砖踩碎了，钱老高兴得不得了，这下终于可以换新的了。

何老师：貌似魏明帝的步伐。

嘻哈大叔：神奇的洛阳工作队。

风の子：图4，灿烂无限啊！

麦舟回复风の子：老人的快乐。

Colin Ng：风采依旧，宛若少年。祝您圣诞节快乐！

补记

这次是我第二次去洛阳。上次去洛阳是春寒料峭的1985年3月，由秦浩老师带队的南京大学考古专业1981级参观实习，首站郑州，然后经洛阳、西安、成都、重庆，顺流而下，参观武汉后回校。一路除参观外，我们还拜访了安金槐、石兴邦、童恩正、王劲、陈振裕等老前辈，何其幸也！一晃30多年过去了。当年在洛阳，第一次看到有人划拳，第一次看到餐馆里有那么多凉拌蔬菜，第一次看到人们吃面的碗像脸盆，第一次知道不用擀面杖也能做出面条来，对江东吴儿而言，太多的第一次是在洛阳感受到的。当年，洛阳流行红手套。今日之洛阳与往昔已大不一样。

漕吴而食

2018年12月25日

感谢洛京诸友，数日陪伴喝汤。猜猜图一图二，到底是个什么？

图1	图2
图3	图4

评论精选

江南：坑，全是坑。

云中君：含嘉仓吗？

麦舟回复云中君：图1是含嘉仓，图2是回洛仓。这么多仓窖，粮食吃不完。

补记

图1，发掘后现场保护的隋唐东都含嘉仓第160号仓窖遗址。图2，发掘后现场保护的隋唐回洛仓仓窖遗址。两处仓窖遗址目前都被列为世界文化遗产“中国大运河”项目。面对这些仓窖遗址，我想到的是“辇越而衣，漕吴而食”，想到的是“东南四十三州地，取尽脂膏是此河”。图3，正在大力修复的唐东都洛阳定鼎门内天街东侧第一坊明教坊，正对明教坊的街西宁人坊亦在修复。图4，参观宁人坊内佛寺遗址发掘现场，背景是修复的定鼎门城楼。

长陵问起居

2018年12月26日

戊戌年冬月廿二日，谒孝文帝长陵，问起居。

砖作人：贾博士、刘博士。

图1	图2
图3	图4

评论精选

不如低吟归去兮：莫名觉得图4的男生与《史记·货殖列传》DIY课的助教长得有一点像，是我的错觉吗？

麦舟回复不如低吟归去兮：就是他。

不如低吟归去兮回复麦舟：那他好像胖了。

麦舟回复不如低吟归去兮：可能被寒风吹肿了。

本草：结束沉闷工作的我表示羡慕，下次我死乞白赖也要跟着。

默畲回复本草：就你那小身板，估计不是冻死就是累死。

补记

离洛归宁日，参观北魏孝文帝长陵（图1）和以北魏宣武帝景陵为中心建立的洛阳墓葬艺术博物馆。长陵经过考古调查，结构清晰。陵园内还有宣武帝生母高贵妃的墓葬，为宣武帝即位后迁入。高氏是鲜卑“子贵母死”制度最后的牺牲者。在长陵，南大一行作谒文，张今书，赵润雨赞读，毕，埋入钻孔。图3是北宋宣和年间的仿木建筑雕砖壁画墓门额题刻，制砖人称“博士”，犹如“茶博士”一类，专家、行家也。拥有丰厚财力的富民阶层，可以建造如此精美的墓葬，均可见北宋时期社会的平民化程度。

2019年

百年老店备年货

2019年2月3日

在陆稿荐买了卤菜，黄天源买了年糕，采芝斋买了糖果炒货，就有年的味道了。小年夜准备得简单点，凉菜以后做几个热炒，把主要精力放在明晚。

评论精选

樊晋阳：苏州的小年是今天呀！

麦舟回复樊晋阳：是小年夜，腊月廿九，不是小年。

凤凰飞翔：红烧青鱼尾巴最好！

龙龙：观前街上就陆稿荐我没吃过，主要是我每回路过都有好多人在排队。

义军：下次我也去苏州买这些老字号。

Lyu：陆稿荐酱排骨，采芝斋点心，让我这个江北人都念念不忘。

Qianwy：红烧划水，鳗鱼烧肉，赞格[①]！

麦舟回复Qianwy：过年嘛，吃点老物事。

Qianwy回复麦舟：看了眼里就觉着适意。划水倒是年年做，鳗鱼烧肉长远覅[②]吃过哉。

麦舟回复Qianwy：海鳗鱼鲞，一年到头也是难得格[③]。

图1	图2
图3	图4
图5	图6

① 格，吴方言词，意为“的”。
② 覅，吴方言词，意为“不曾”，表示过去否定式。
③ 格，吴方言词，意为“的”。

Qianwy回复麦舟：对格[①]，必须出来鱼鲞葛[②]个词，全是小辰光[③]吃过格[④]。

补记

苏州是为数不多的还能按时令、按旧俗过日子的城市之一。除夕、初一、初二这几天，苏州城里到处能听见吴侬软语，初三以后，这座城又要迎接如潮的游客和回城的新苏州人。我跟Qianwy的“苏普”对话也很难得，或许有一天，苏州话会消失吧。

---

① 格，吴方言词，意为“的”。
② 葛，吴方言词，意为“这”。
③ 小辰光，吴方言词，意为“小时候”。
④ 格，吴方言词，意为“的”。

故里的糕

2019年2月25日

故里的糕。故里乡亲不叫它年糕，就叫糕。糕用糕盒制成。糕盒有大小，大的一盒9块，小的一盒16块。粳米粉中掺和些糯米粉，用水雾喷湿，十指将粉屑散开，绝不能揉成团。粉屑用筛箩筛入糕盒，筛满后用竹片轻轻刮平，取下糕盒边框，连刻有花纹的盒底一起入笼蒸熟。糕属于松糕类，不加任何调料，纯粹的粳米香味。现在有糕盒、筛箩的人家已寥寥无几，能蒸糕的妇人亦少见。若不是自己做的，吃到嘴里，总觉得失去了原味。

图1 | 图2

评论精选

pinkcrane：我小时候经常吃，用洋红点色。

西茉纳：我们叫“印糕”。

Jianwang回复西茉纳：我在绍兴吃了很多，觉得很不错，现在“小厨娘”也有。

西茉纳回复Jianwang：我也喜欢，现在绍兴有些地方分喜饼还用这个，印红色图案。

晒太阳的龟龟：现今乡下办事还是要用的，难得吃到了。

麦舟回复晒太阳的龟龟：真是难得一见了，卖家的都是又薄又甜，失去了原味。

独倚危栏：后人考证此物必引的文献史料。

毛主任：我小时候见过做这样的糕的，前几天还见过我妈妈筛米屑。

本草：我好像有这样的糕盒，今天才知道用法。

司马光：儿时过年在老家见过，蒸得满屋米香。

图1	图2
图3	图4

共话一园春

2019年4月6日

老父米寿母八十，鹤发童颜腰尚直。单门独院隔喧嚣，宛如身在自家室。

评论精选

麦舟：首先声明，这园子不是我家的，是公家的。

陈眠眠：一点也看不出来您父亲有八十多了。

仁心：伯伯和伯母看上去精神状态很好，赞！

一路芬芳：在我的记忆中，姨爷爷姨奶奶还是年轻时的样子。

龚师兄：父母双健，豪宅美园。

麦舟回复龚师兄：豪宅美园，非己所有。

清香木：羡慕师弟还有陪伴双亲的福分，祝他们安康幸福，尽享天年。

班尼陆：老寿星！祝他们身体健康！

麦舟回复班尼陆：想到了太平桥通和坊2号陆宅，现在已在干将路中间了。

fengwei：门小洞天大，庭远花木深。白墙蘸墨瓦，共话一园春。

樊老哥：越米奔期盼茶香，古云仁者必寿长。远离喧嚣心事静，耕读传家自昂扬。

补记

图中是苏州博物馆古籍部后院，与人声鼎沸的拙政园隔河相望，西侧隔园林路便是苏州民俗博物馆和狮子林。我儿时曾读到苏州有关部门对明清及民国时期残存园子的调查报告（油印本），据报告，20世纪70年代中期，苏州市区内这样的园子尚有380余处，但大多已沦为民宅。当时我好多同学家就在这样的园子里，但东一块西一块被违建破坏得不像样子。

“南有嘉鱼”之余

2019年4月14日

事隔30年，重访马鞍山。朱然墓、太白祠、采石矶，今非昔比。这周复旦师生来，下周我到沪上

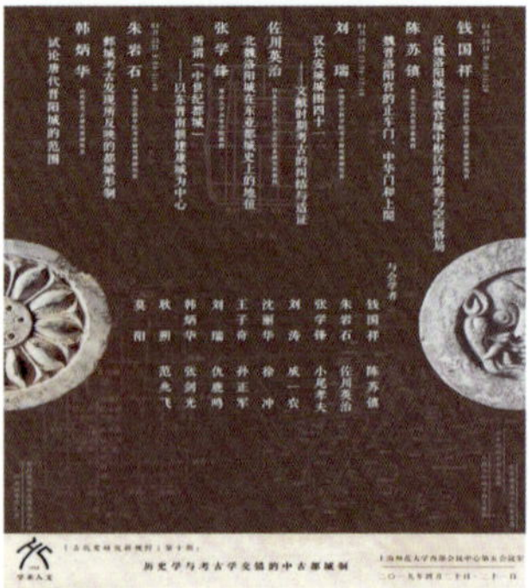

去，找范会长“交错”。

评论精选

江南：30年前朱然家族墓地和太白祠还不是国宝。采石矶有我祖母先祖常遇春的“大脚印”。

pinpin0801：听我参会的小师弟说，今天的活动由张老师全程讲解，好羡慕呀！

达志：布袋太吸引人了。

麦舟回复达志：目的达到！我和余欣老师一起。

樊晋阳：下周上海的沙龙竟然还有唐晋阳城！

麦舟回复樊晋阳：是的，特地邀请的，难得一闻。

LiWeiMin：1987年那次是跟着蒋先生等人去的吗？我记得在太白祠前有张合影。

麦舟回复LiWeiMin：你的记忆已经模糊。

图1	图2
图3	图4

补记

2019年4月13日，南京大学和复旦大学共同举办“南有嘉鱼”学术沙龙，复旦余欣、朱溢、仇鹿鸣、唐雯、马孟龙等老师率领博士生来南京。14日，一行人参观马鞍山朱然家族墓及采石矶，遇仙林马拉松赛阻路，行程不顺。

第一次去马鞍山是读本科时的班级春游，当时大家正在学考古摄影，考古专业的学生每人胸前挂一架海鸥牌120相机，好不威风。读研时我随蒋先生来看过朱然墓，随孟先生来看过采石形势及横江渡，尔来30年。马鞍山即姑孰，是六朝建康都城圈内的重要地点，本无你我之分，现分属苏、皖二省，时间一长，连口音都不同了。记得我第一次去时，想买块烧饼充饥，谁知马鞍山人称烧饼为“粑粑”。

半日走单骑(一)

2019年5月4日

治疗坐骨痛，半日走单骑。儿时居止处，卢龙四望中。

图1	图2
图3	图4

评论精选

强哥：巡视北郊。

儿童散学早：张老师儿时居住在南京啊？

麦舟回复儿童散学早：嗯，海军部队大院的，去苏州上的三年级。

良仁：以后我恐怕只能自称仙林人啦，不能自称南京人。南京那么多地方我居然不知道，惭愧得紧。

补记

卢龙山，今南京狮子山。四望山，今南京八字山。挹江门内（图1）、盐仓桥口、花家桥头（图2）、大清江南水师学堂（图3）、民国海军部（图4），皆儿时游处之所。

半日走单骑（二）

2019年5月4日

继续访问故地：图1，半世纪前就读的多伦路小学，现已改为幼儿园。图2，外表经过涂刷但建

图1	图2
图3	图4

筑没变，里面曾住着同学夏慧蒂（打扮很洋气）和史娟（梳着长辫）。图3，花家桥8号锦庆里，住着同学刘益勇（当时身材矮小）。图4，原址是同学张四玉（兄弟众多）家。我则住在侧近的“海校”，经常在鲁迅读书亭上吃着赤豆冰棒发呆。今盐仓桥南口的“海之韵”酒店曾是家父的办公室。

评论精选

彭老师：鲁迅邻居，赞！

wuyj18：“海校”，48年前我也在那里住过，不过当时已经改成“二十四所”了。

新香

2019年5月8日

友朋赠新香，烹作盘中餐。不为求点赞，只为留思念。

图 1	图 2
图 3	图 4

补记

图4的做法：取干贝、开洋[①]少许入小碗，置蒸笼中蒸5分钟，取出流水冲净，加温水浸泡。卤水老豆腐切丁焯水沥干备用。炒锅加油，入豌豆米略炒，加豆腐丁，连汁倒入泡发的干贝、开洋，盖锅稍煮，加盐调味，浇入蛋液收锅。

---

① 开洋，我国江浙吴语区人的叫法，即晒干的去头去壳的虾。北方人叫“海米”。

最后一次课

2019年6月11日

入南大38年，留校任教31年（含京洛8年），上“中国历史文选”课22届次，今天上最后一课。不是因为退休了，而是因为大类制招生改革后课程

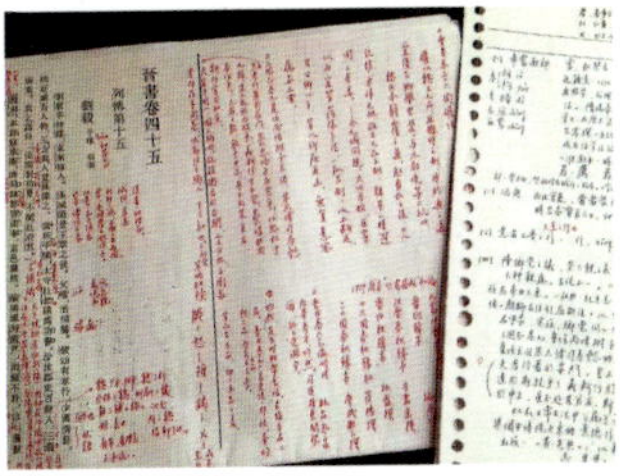

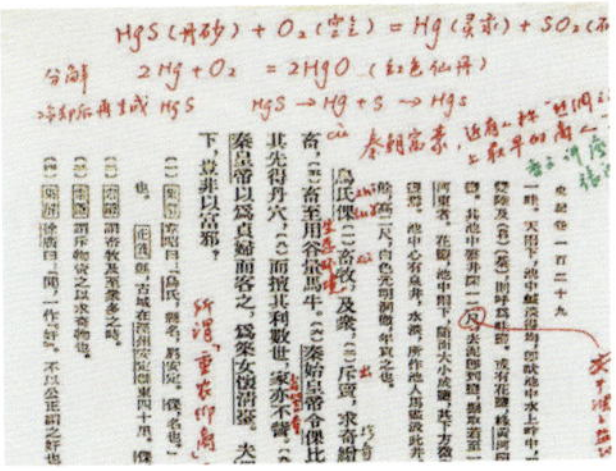

图1 图2

图3 图4

大幅度调整了。离开讲台回家，静坐，清空。

评论精选

范步兵：倾倒于化学方程式之下！

樊晋阳：还好，我搭上了末班车。

TONG. Ling：可惜您刚回国给我们开课那会儿还没有智能手机。

石头：讲历史还懂化学？暑期里我要求到张老师这里来重读。

大爽：每次上老师的隋唐考古课，南京的阳光都特别好，是我在南大最好的记忆之一。

adada：真是一位认真的好老师，敬佩！

麦舟回复adada：已明显觉得力不从心。

石洋：把讲义出版了吧！

麦舟回复石洋：都是些常识性的东西，没什么价值的。

鹿鸣：整理出版太浪费，应该影印。

kan：当年考试，一题宋孝王《关东风俗传》，一题二十四史作者，被难住了。最喜欢的课没考90分以上，感觉对不起老师，终生难忘。

bicycle回复kan：有幸上过，没拿到高分也是我的憾事。尴尬的是我在考试答题当场就被数落了，就是那道开元十五道的题。

罗老师：感慨于教本教案上一丝不苟的密密小字。讲文选，真功夫！

lhb-history：张兄是严谨之辈，从书中的眉批就可以看得出来。

段郎：上一门文选课，可以同时学到历史学、训诂学、音韵学、化学……

樊晋阳回复段郎：外加地理学、考古学。

凉凉：加上“中国经济史”课，我有幸跟着张老师念了两学期的历史文献。

补记

2020年6月，历史学院考古专业提前批次招生，又开设“强基班”，课程再次面临大规模调整。王院长打电话给我，问我愿不愿意为考古专业和“强基班”合开一年的“中国历史文选”，我秒答：“愿意！”

归来依旧少年

2019年6月17日

2019年6月14日进京，参加在中央民族大学召开的中国唐史学会理事会。相别31年，见到了硕士

图1	图2
图3	图4

同学、舍友、中央民族大学教授达力扎布。各自遨游半世，归来依旧少年。

评论精选

太史政：原来您和达力老师是同学，赞！

麦舟回复太史政：同舍三年。

江南阿狗：在北京还有其他同学吗？

麦舟回复江南阿狗：有师兄沈卫荣！

江南阿狗回复麦舟：在北京还住几天？

麦舟回复江南阿狗：已在南归的高铁上。

承志、子龙、LiWeiMin、南子：代向达力问好！

LiWeiMin回复麦舟：老达跟你做头像的这幅壁画很像。

麦舟回复LiWeiMin：蒙古王公。

二三子：进京还带了御用摄影师？

麦舟回复二三子：约的人见我在看书，拍了，我是从他朋友圈里盗来的。

二三子回复麦舟：原来不是摆拍，赞！

宁任：想起来一篇关于南朝种麦的论文。

麦舟回复宁任：那时俺早年的习作，不值一看！

补记

临归之日，耿江南约我去城南法源寺看看，遂乘坐地铁4号线前往。大夏天的，被地铁车厢里的冷风吹到呕吐，废了一块上好的手帕。赶紧下车上地晒晒太阳，谁知正是菜市口。里外是个“死”啊！地铁的冷风出口设计得太不合理，直接吹在乘客的肩背颈脖处。如何设计公共交通工具上的冷暖气出口，是门专业，也考验了设计者是否真的做到以人为本。

下午，从燕山到江左，一路向南！燕赵麦秋未尽（图3），江左稻禾已壮（图4）。

陋室新装

2019年6月25日

装修入住18年的陋室，今日重装完毕，宛如新家。图1、图2为旧貌，图3—图6是新颜。

图1	图2	图3	图4
图5		图6	

评论精选

麦舟：感谢3位年轻的朋友帮忙！

安志：太奢侈了！

麦舟回复安志：很简陋的居室，上无片瓦，下无寸土。

龙龙：太精致了！

燕雀：花瓶那块的风格好像茶室，瞬间回想起我被跪坐支配的恐惧。

王克克：这是南京还是京都？

麦舟回复王克克：金陵鄙乡，西篱门外。

何老师：自己搞的？厉害！

麦舟回复何老师：墙纸和灯具必须得请专业人士啊！

补记

留一间空室，给学生来访时坐坐，也给自己一个空灵的世界。夏日的微风，轻轻拍打着阳台的竹帘，透过竹帘，近侧石城虎踞，秦淮如带，远处则是与我关系不大的绿酒红灯。

读书班收官

2019年6月27日

2016年4月7日至2019年6月27日，坚持3年的“《建康实录》读书班”告一段落。春秋两学期，每周1次，一次3小时，总计70余次。先后有70余

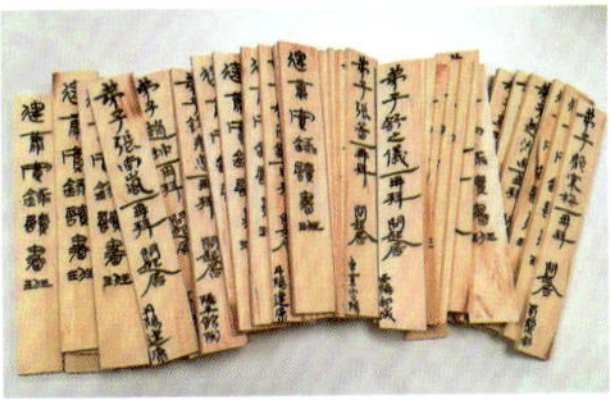

图1	图2
图3	图4

人参与，核心成员约50人。中期成果已初显，后续成果尚需努力。感谢六朝博物馆的大力支持！2010年我有幸参与建馆时的愿望就是在馆里留一处空间，允许我带着学生在秋日午后的暖阳里阅读六朝文献。这个愿望实现了，此生真的很爽！

评论精选

鸡冠壶：敬佩！2011年读《梦华录》，一年中辍，哭！

麦舟回复鸡冠壶：哈哈，缺了北白川的魔鬼训练。

吉儿：读书会教会了我“读书”，绝对终身受益！只可惜没能读到最后。

范步兵：垂范士林！

清河旧望：一次也没参加过，难过！

麦舟回复清河旧望：你在读的时候不是一起读过《大唐元陵仪注》吗！

良仁：功德圆满！

麦舟回复良仁：坚持做一件事，心无旁骛。

jiaoyan：我有个类似的愿望，能在清凉山公园有间读书的屋子。

补记

1995年我开始参加京都大学人文科学研究所东方部“中国中世文物资料研究班”，前后4年；京大东洋史研究室“《唐六典》读书班”“《文献通考》读书班”也持续了三四年，深感共同学习、共同交流在问学生涯中的重要性。回南大工作后，几次努力，均无果而终。“《建康实录》读书班”终于实现了我的夙愿。成员除我这个“初老”外，均为南京高校和文博部门的年轻人，每周一次，在六朝博物馆会议室举行，完全自由，不产生任何费用。

东坡临皋亭

2019年7月1日

今年暑期参加的第二个学术会议。每次去武汉，都有种朝圣的感觉。跨江而立的武汉三镇，夜色江景胜于南京。

评论精选

liribo1227：放眼望去，都是大牛和未来的大牛。

江南：真正跨江（两岸城市规模、实力对等）的城市只有武汉！

清河旧望：放着江景不利用就是浪费，南京市政府应该搬到江北去。

范步兵：张老师赋予“荆扬之争”以新的意义。

图1	图2
图3	图4
图5	图6

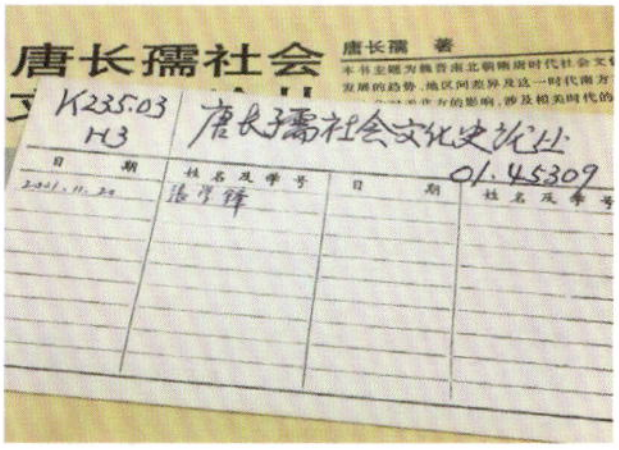
唐长孺社会
唐长孺 著
K235.03
H3
唐长孺社会文化史论丛
01.45309
日 期
姓名及学号
日 期
姓名及学号

鹿鸣回复范步兵：我已建议张老师开发一条旅游线路，叫作“六朝反贼之路”。

义军：我“大武汉”房价人性化。您吃热干面了吗？今天有人狂夸张师。

补记

会议结束后，游黄州赤壁而还（图5）。人道是周郎赤壁，原来是东坡临皋之亭。今江水远离矶头2.5公里，望之有沧海桑田之感。图6连甍远处，是黄冈中学原址，亦即临皋之所在，其以“黄冈卷”名震天下，亦非坡翁之佑哉！

弟子赵润雨今日去图书馆借阅唐长孺先生《唐长孺社会文化史论丛》，发现这本书的上一个读者是我，借阅时间是2001年11月20日。正是原文中“每次去武汉，都有种朝圣的感觉”一句的缘由。

不坠家声

2019年7月11日

父亲今日米寿，往后可称九十叟矣！父亲儿时于私塾起蒙，尤好楹联对仗之戏。后虽入新式学堂修学数理化外语，然童蒙之好未减，且老而弥坚。退休后，乘赴各处授课之余，遍访吴地古桥，缀

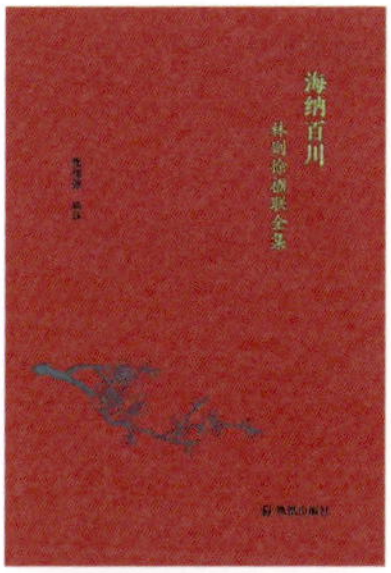

图1 图2 图3
图4

补以文献，集桥联八百余，汇成《吴地古今桥联》（凤凰出版社2015年）。近年又在其所编《林则徐全集·楹联集》基础上，增补详注，集成《海纳百川：林则徐楹联全集》（凤凰出版社2019年）。父亲行草楷隶皆佳，又于八秩始学电脑，虽老迈，近盲瞽，然凭单指输入，日课二三百字以为常，自云愿克绍箕裘，不坠家声矣！图3为我儿时眼中的“爸爸”，图4为今日所见之“父亲”。本氏宗祠正堂联曰：“传祖宗一脉真经曰忠曰孝，教子孙两项正事惟耕惟读。”先人不我欺矣！

评论精选

松斋：老师和爷爷好像！祝爷爷生日快乐，健康长寿！

堃堃：感觉爷爷帅过了老师啊！

司马光：祝叔叔龟鹤遐龄！见二老健康的笑容，高兴！见叔叔又出新书，敬仰！

林中之石：原来张兄是家学啊！祝老爷子健康长寿！

麦舟回复林中之石：哪谈得上家学，乡村耕读之家罢了。

樊老哥：老人家“一指禅”呀，功力深厚！在下操持电脑，与老人家同功。

强哥：张紫毫的眼睛跟爷爷一个模子啊！

漆老师：第三张照片中张老先生穿的是什么制服呀？很酷的感觉！

麦舟回复漆老师：当时是海军军官。

漆老师回复麦舟：厉害呀，还是海军军官，文武双全！

补记

感谢各位亲朋好友的祝福和爱戴！其实我最大的感悟是，为免老后的寂寞孤单，必须养成终身学习的习惯。

不思量，自难忘

2019年7月15日

纵使相逢应不识，尘满面，鬓如霜。

——录坡翁《江城子》句自况

图 1	图 2
图 3	图 4

图5 图6

图7 图8

评论精选

仁心：温馨的画面，永远的回忆。

卓美：特别美好！

qinxiaoli：温馨时刻永存！

补记

夫人姓傅氏，讳江，江西南昌新建人。1966年1月20日生于武汉，居汉口，后随家迁金陵。1983年入南京大学历史系考古专业，1987年师从蒋赞初先生攻读硕士学位，1990年入职南京大学思想家研究中心。1996年赴京都大学攻读博士学位，师从曾布川宽先生修读东方美术史，2002年获京都大学文学博士。回国，入职南京大学美术研究院。2009年7月15日病故，春秋四十四，窆祖堂山。有论著30余种遗世。

夫人沉静内敛，有大家之风范。初识于1983年9月，时彼十八岁，余二十有一。1990年入室，育一子。呜呼！同心人去，坐觉山尽。翰墨余迹，流芳未歇。

长夏江村事事悠

2019年7月20日

江东出梅日，江村事事悠。

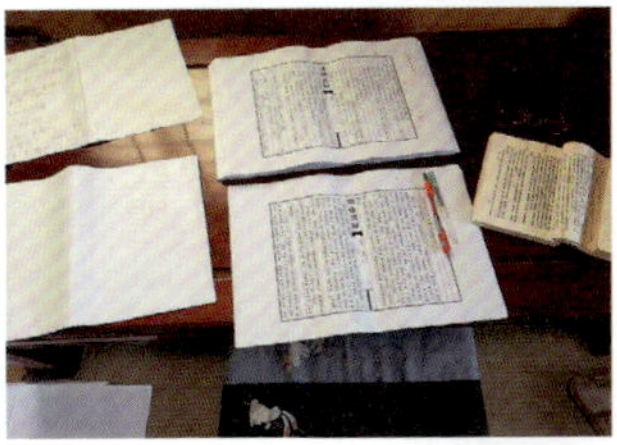

图 1	图 2
图 3	图 4
图 5	图 6

评论精选

江南：我家入梅和出梅日都要做红烧仔鸡。

麦舟回复江南：你是江南，俺们是江东。

bicycle：楼比山高。

麦舟回复bicycle：哈哈，人类的眼睛好奇怪噢。

何老师：河西入伏时。

麦舟回复何老师：好对！

何老师回复麦舟：找乐子呢！

麦舟回复何老师：我勒浪（吴方言词：在）往苏州格（吴方言词：的）高铁浪（吴方言词：上）。

joy：照片高清放大效果超赞，猜测拍照手机是华为P30。

广勇：江东出梅日，河西入暑天。

龙龙：给木屐好评！

何老师：长夏江村事事悠，蜗居和室无须愁。

宁任：看到了南大的楼，不知道对不对。

麦舟回复宁任：嗯，远处有南大鼓楼校区的楼，仙林校区在山的那一边。

谷涛：我初中、高中也每天从石头城前面走过，好怀念！

麦舟回复谷涛：你是二十九中的？

谷涛回复麦舟：哈哈，被老师猜到了。

补记

今南京的河西地区，宋以前还是长江江面。此后江面不断变窄，原本的江心洲逐渐成陆，江心洲与陆地之间的夹江则被人为疏通成河流，南部的南河和北部的外秦淮河即是。余所居龙江小区，因明朝在此设龙江宝船厂而得名。20世纪90年代以前还是江边的纯农村，后逐渐开发，成为人口稠密的住宅区。居室隔外秦淮东望是南京市区（图1、图2），东南则是著名的石头城（图4），曾经的“山围故国”“潮打空城”，每天都展现在自己的眼前，夜晚升起的亦当与“旧时月”无异。

正定梵音

2019年7月31日

正定，是中国古代建筑的露天博物馆。我读本科时就向往一睹隆兴寺大殿的“抱厦”，今日终得圆梦。

评论精选

西茉纳：隆兴寺和各种塔，正定真是个好地方！

东东：正定这个名字起得好，黑恶到不了那里。

段郎：我在正定见过不少“榆次羊肉”，真是人间天堂！

美术馆东：正定从来都是古建爱好者的天堂。

补记

两次乘夜车去太原时，天亮过后就到石家庄站，两次都只是在站台上站一会儿，这次是正经地踏上了石家庄的大地。暑期第三个学术会议，“第七届中国中古史前沿论坛国际学术研讨会”（7月27—31日），由河北师大主办，受谷更有先生之邀前往。参会的都是青年学者，唯郑州大学张旭华先生、河北社科院孙继民先生和我是“老者”。会议期间，石家庄数场暴雨，虽清凉宜人，但未能留下多少照片，唯临行前日参访正定时留下数帧。

图1	图2
图3	图4

偷闲学少年

2019年8月29日

陪即将升初二的学生们玩了一上午，晚上在榻榻米上四平八稳地睡个好觉。

图1

图2

评论精选

菅原舜水：好像王博士混迹在初中生内，哈哈。

麦舟回复菅原舜水：哈哈，贵君目光如炬。

发动机：报告老师，我发现有人冒充初二学生去蹭课了。

麦舟回复发动机：那人是真老师，我只是代课教师。

水亦无香：张老师精力旺盛，赞！

婴宁：张老师和孩子们在一起的时候，明显开心许多。

飞狐：闲适与雅器。

古古风：有意义啊！

麦舟回复古古风：胸中无块垒的日子。

东人美：真正的师者，有教无类！

xh19840524：您可以陪即将升小二的学生玩一上午吗？

麦舟回复xh19840524：不是有于教授陪吗？

辉色记忆回复xh19840524：南大两大教授陪你一个二年级娃，你咋不上天呢！

本草：我家娃也即将升初二，咋不告诉我一声好去蹭听啊！

麦舟回复本草：今天一直以为前排左三是你家的孩子呢！

小美虎：灯具、家居都很相配，养眼。控制住这些孩子的注意力也是功夫。

补记

文学院博士王治洋，长年来我的课堂捧场。该生研学之外，还长期为初中生开设古典文学课，深得学生家长信赖。跟我约了好长时间，希望能带他的学生们参观一下六朝博物馆。2019年暑假的最后一天上午，在六朝博物馆二楼会议室为初二的孩子讲课一小时，参观一个多小时。虽然觉得疲劳，但偷闲学少年的感受令人难忘。

我最喜爱的老师

2019年9月10日

这个可以晒一下。

感谢历届学生的抬爱，定当不负众望，努力工作。各位教师节的祝福，在此一并答谢！感谢大家！

图1 | 图2
图3

评论精选

慧群：这是最好的奖励！

达志：图1传神。

清河旧望：全校9位老师，“九州”。

进宝：学锋得此荣誉，实至名归！祝贺！

邙洛山：好老师，对学科发展功莫大焉。

燕鸣坊：“以资鼓励”！校方确实没文化，不懂师道。

Qianwy：把考古专业教得“最喜爱”，那喜爱的含金量得有多高啊！

麦舟回复Qianwy：考古课上讲历史，历史课上讲考古。古典课上讲现代，中国课上讲世界。偶尔讲讲料理、美酒，谈谈人生、理想，齐活！

Qianwy回复麦舟：还要会画江山图。

麦舟回复Qianwy：对，一言不合就手绘地图，京大做派。

甯宁：我今早开始给诸位老师表达感谢与祝福，老师的回复是最快的。

麦舟回复甯宁：我闲来无事。

Nju任：这个表情真生动！

麦舟回复Nju任：都是学生偷拍的，画面模糊。

古早味

2019年9月16日

久违的糕点包装形式，说是复原了宋代的口味。

儿时在故里，见乡人凡遇喜事，皆以“包”相赠，谓之“送包”。一旦送了“包”，大凡事情就算办妥了。当时乡里最常见的糕点只有两种：京枣、麻饼。京枣可不是北京的枣子，是用油将糯米粉团炸成手指长的干点，外面裹了层麦芽糖衣，也叫“京果”。麻饼，面粉发酵后烘焙而成，鸽子蛋那么大，表面撒了些芝麻。“包”被包成一头高一头低的形状，两包相叠正好成立方体，上面加上一小片红纸，然后用麻纸捻成的细绳捆好。拎在手上好有喜气。

评论精选

罗老师：好喜人。我在农村插队时，村里小卖部、乡里供销社、县里食品店都是这样包点心的。

清河旧望：小时候月饼4个1斤，也是用纸包起来，加一个油纸封面。后来感觉简陋，现在看来古朴。

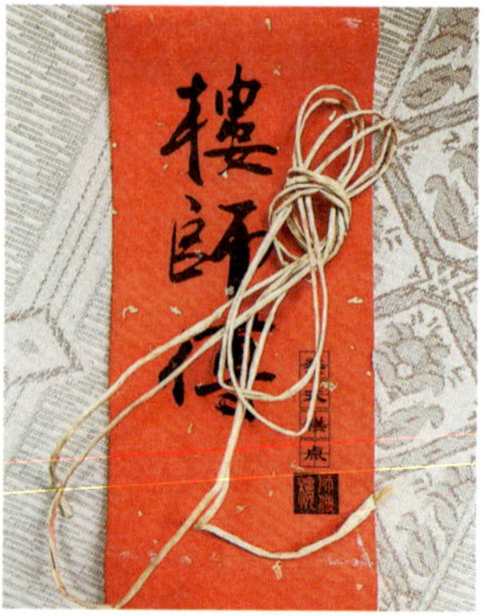

图 1	图 2
图 3	图 4

wd：安徽有一种芝麻酥，旧式包装，大红纸、墨字，味道好极了。

小美虎：老师，我正在上包装设计课，您提供了好案例。红色包装纸就是品牌的标志，包装盒侧面的文字是宣传语。能让老师喜欢的，也算是好包装了！

郑茜：油纸包上糕点，即使不写字也要折片红纸用麻绳绑上，我小时候是这样的。

养浩：我老家也是这样包装糕点的。

麦舟回复养浩：俱往矣！

补记

“古早味”这个词似乎带有浓郁的闽台味，其实故里一带也有个词，叫“老古气”。但凡不合时流的人、物、穿着、装饰甚至思维模式、行为方式，均可称为“老古气”。但“老古气”偶尔也有一种“以往的美好”“令人向往”的审美感。

黄鹂巷口莺欲语，乌鹊河头冰欲销

2019年10月7日

“黄鹂巷口莺欲语，乌鹊河头冰欲销。”唐敬宗宝历二年（826）正月初三，苏州刺史白居易从州衙乌鹊桥头出门行散，走到了黄鹂坊口（图1）。黄鹂坊附近是我少时的游处之所，就读的水潭巷纯一小学早已成为小区（图2）。来回奔跑的古吴路68号院旧影依稀（图3、图4）。老井依旧在，而用者寥寥（图5）。古吴路是太平天国兵燹前明清两代吴县衙门前的横街，旧名“吴县前”。“吴趋”亦姑苏之雅称，“吴趋坊”是唐宋旧坊，在黄鹂坊桥西北。（图6）申庄前是明朝阁老申时行家庄前（图7）。申家的故事后被演绎成《玉蜻蜓》《庵堂认母》等剧目，传唱至今。附近马医科申家祠堂前的石牌坊1980年也

图1	图2
图3	图4
图5	图6
图7	图8

黄鹂坊橋

古吴路68号

吴趋坊
◀北 WUQU FANG 南

中庄前

乘马坡直巷
7-1

被拆建到了北寺塔前，换上“北塔胜迹”的匾额以真乱假。乘马坡，地名出自《越绝书》(图8)。

评论精选

历史中一只安静的废物：《玉蜻蜓》剧情确实狗血，虽然真的很好听。

麦舟回复历史中一只安静的废物：我们都是听评弹《玉蜻蜓》长大的。

可爱又迷人的反派角色：“吴趋自有始，请从阊门起。阊门何峨峨，飞阁跨通波。”原来那里也是老师长大的地方啊！

麦舟回复可爱又迷人的反派角色：是的，我的三观都是在吴趋、黄鹂二坊间形成的。

重喜：沈祖棻《岁暮怀人并序》其四十一：“旧曲沦飘酒不温，吴趋断梦亦难存。”沈诗又云：“人生只合住吴城，片石丛花俱有情。”有机会樽酒聆听。

竹西佳处：当年我去府上是这里吗？

麦舟回复竹西佳处：是的，我家是1983年搬离的，你第一次去时应该还在老地方。

竹西佳处回复麦舟：哦，变化太大了。记得你家还有个很雅的园子。

东京街头的思考

2019年10月21日

一个临退office worker（上班族）的东京之行。图2带领幼儿过街的幼儿园男教师及图3行道树的捆绑细节，令人感佩！

图1	图2	图3
图4	图5	图6

评论精选

李卫当官：张老师在东京？我明天到。

麦舟回复李卫当官：我今天回。你是来参加天皇的即位仪式的吗？

xh19840524：仿佛日剧男主。

麦舟回复xh19840524：前往深夜食堂的落魄男主。

半生瓜、香莴苣2号、新罗：井之头五郎，穿着正装走街串巷，孤独的美食家。

古古风：图1是日剧截图吧！宛如职场年轻人！

翠芳：现代版父亲的背影。

补记

前一晚请了太史政、高峰，三人大快朵颐（图5、图6）。今天下午的航班，有半天时间在街头闲逛。以前来东京，基本上就在上野公园、东京国立博物馆、不忍池到东京大学之间活动，这次有机会走走皇居、永田町一带。仔细观察了图2的场景，一直在思考，中国幼儿园、小学男教师的缺失，将会给我们的未来造成什么样的影响？

问学路上的几位恩师

2019年11月22日

卞孝萱先生逝世十周年纪念暨《冬青老人口述》新书发布会（图1）。会上，问学路上几位恩师的音容笑貌历历在目。

1985年9月初硕士研究生入学报到时，学籍表的导师一栏写有三位导师的名字：孟昭庚、卞孝萱、高国藩。卞先生晚年号“冬青老人”，我也是冬青老人的弟子，侍奉先生20余年。1987年11月9日，我带辻正博（左二。时为北京大学高级进修生，现为京都大学教授）一行前往先生陶谷新村寓所拜访。上楼，先生已正装立于门前，畅谈两小时后合影留念（图2）。左四为同在北京大学留学的长部悦弘，今琉球大学教授。

图3，与本科学年论文指导老师蒋赞初先生。蒋先生是南京大学考古学科的创始人，今已耄耋高寿。我以六朝考古与历史研究为终身目标，受教于蒋先生。

图4，本科毕业论文指导老师秦浩先生。回南大20年来的本科生主课“隋唐考古”，接的就是秦

张学锋
冬青老人
口述
凤凰出版社

老师的班。

图5，30年前与硕士生导师孟昭庚先生在雾中的庐山。

评论精选

老张毛：1986年卞先生到上海专门为我和俞钢授课两星期。

麦舟回复老张毛：原来我跟风兄还是同门。

wxid_gv：孟老师没有留下些口述史吗？书可名《平静中的波澜》。

麦舟回复wxid_gv：晚年对外只讲些家常话，对我当然什么都讲了。

wxid_gv：那只能等你的口述了。

樊老哥：凌晨早醒，看到最后一张照片，30年前我们同游庐山的情景又浮现脑海，竟不能寐。

图1	图2
图3	图4

图5

麦舟回复樊老哥：正是那一次。还记得我跟孟老师的合影是你用那台华光牌老式相机拍的，用的是保定产的乐凯胶卷。

樊老哥回复麦舟：对，一晃30年了，真所谓“弹指一挥间”。当年唇红齿白的美少年，如今都满头华发了！

樊老哥：当年孟先生穿的旧式蓝咔叽中山装，跟我父亲平时喜欢穿的一模一样，所以我一见老先生就感到亲切。这种款式当下已经找不到了。

图1	图2
图3	图4

八旬老母殷勤问

2019年11月29日

八旬老母殷勤问，吾儿今日歇息否？答曰已歇三刻半，扫洒洗濯熨衣物。

评论精选

海波：有机会我要去您家接受家政培训。

麦舟回复海波：一般人学不来哦！

道法自然：小资甚好，日常要有点品位！关键是情系老母，心有“苏样”。知君者，鄙人也。

朱芒：只展示了最后一环“熨”。

郑老师：我只有一件白衬衣，容易弄脏，穿不起。

芳芳：“男神”楷模。多少学生看到这个图片会羞愧啊，但羞愧大军中肯定没有我。

正军：我终于找到和张师的共同点了，喜欢的衣服多买几件，哪怕是一样的。

古古风：感动于“八旬老母殷勤问，吾儿今日歇息否”！

俩俩：震惊于“扫洒洗濯熨衣物”。

丁非新：我看到的第一反应是想转发给学生们看看，南大考古学教授的家居是一种什么样的氛围。

麦舟回复丁非新：不足与外人道也。

补记

扫洒、洗濯、熨衣，都是日常家务活。图1是刚打扫过的居室。图2、图3是熨后的衣物。图4是米寿老父与八旬老母2019年春天游园时的合影。子女年纪再大，在父母眼中都是孩子。这既是中国式的亲情，也是中国家庭两代人之间的宿命。是耶，非耶！

最后一抹红

2019年12月14日

晨起散策有感：十二月中旬了，京都的秋色还没有完全褪去。熟悉的是街景，逝去的是人影，留住的是最后那一抹红。

评论精选

小野：欢迎老师回京都。

水亦无香：老师您这节奏可真快啊！

麦舟回复水亦无香：马不停蹄。

东东：你对京都似乎比观前街还熟悉。

麦舟回复东东：哈哈，这个倒是真的。

朱芒：回京都了？

麦舟回复朱芒：是的，一天的会议，闲逛两天，告别2019年。

qinxiaoli：有很多值得回忆与纪念的地方。

马然："琢磨"还在京大旁边？

麦舟回复马然：就在百万遍旁的鞠小路。

马然回复麦舟：有一段时间撤了，搬到祇园白川通了。去年祇园那家店改名"波里"了，原来"琢磨"又搬回百万遍了。

hubaohua："琢磨"是一家不错的日料店。

图 1	图 2	图 3

图 4

补记

受京都大学辻正博教授之邀，参加国际学术会议“基于古道·关塞遗址调查的前近代中国主要交通线路研究”。2019年12月13日下午，与陕西师范大学侯甬坚先生同时抵京都，入住京大清风会馆。晨起，在附近散步，从出町到鞠小路，是我曾经走过无数遍的街道。图1，著名日料店“琢磨”。图2，周末清晨的今出川通，空无一人。图3，鞠小路上的旧商家，建筑保持着江户时代的风格。图4，出町柳车站西侧，左手边的加茂川与右手边的高野川在此合流，往下称“鸭川”。1997年夏秋，我经常带儿子来河川的龟石上戏水。远处是比叡山，是日本天台宗大本山。

图1	图2
图3	图4

携诸生登比叡山

2019年12月15日

会后一日闲，携在洛学生故地重游。从百万遍出发，经元田中、北白川、曼殊院、修学院，乘叡

山电车到八濑，换乘缆车，再转索道至比叡山顶，访日本天台宗根本中堂。下山已是日暮，一日行程27627步。南大历史系1989级学长蒙令华自大阪赶来京都，在东大路飞鸟井町的居酒屋“樽八”请学弟学妹们饱餐了一顿。

评论精选

高明：图3是去比叡山的车吗？

麦舟回复高明：嗯，叡山电车。

叶胜：老师好好休息，今天是极开心的一天！

麦舟：图1自左至右：黄图川、钟周哲、段彬、某、尚勤荃、叶胜。摄影：高峰。

图1	图2
图3	图4

“立吞”道别

2019年12月16日

诸生中饭后散尽，下午，独自安静地漫步于京都的街头，赴老友福原启郎、辻正博的送别晚宴。

出清风会馆，经出町，沿鸭川南行至三条大桥（图1），过桥，越木屋町、河原町，进入三条，南折，经寺町，拐入锦小路。这里号称是京都人的食材库，万物具备，也是内外游客的打卡之所。（图2）沿四条往西，至千本通（平安时代的朱雀大街），恰是晚餐时分。晚餐后按惯例要找家店去“二次会”。去了一家福原常去的店，门口挂着白纸灯笼，上面墨书“立吞”二字。（图3）“立吞”意为站着喝，我想到了孔乙己。逼仄的店内只有一条柜台，无座椅，喝的也只有啤酒及低廉的清酒，几味酱菜便是下酒之物。（图4）当垆者是一位中年女子，别无帮手。三人站着喝了几瓶冰凉的啤酒，出门，就此道别，各奔东西。

评论精选

清河旧望：差点看成“云吞”了。

西茉纳：在“立吞”要穿长衫吗？

麦舟回复西茉纳：穿长衫是要有气质的。

神游老农：这季节还有红叶！

麦舟回复神游老农：有，最后一抹红！

补记

寒气逼人的夜晚，抬头望见点着灯笼的小铺，都想钻进去小憩一会儿。也正是因为有这样的需求，在闹市区支巷的巷口，一个平平的中年妇女，打理一家十余平方米的小店，供应大众酒水，几碟小菜，就能养家活口，自己做老板，也是唯一的员工，平和且满足。在日本，八九十岁依然当垆的老妪并不少见。20世纪90年代末的一个冬夜，退休前的永田英正先生，结课后带着诸生往三条木屋町小酌。一家非常不起眼的小店，先生撇起门帘正想跨入，店里传来了一个老迈的声音："永田君，你又来了！"君，是前辈对后辈的敬称。进店，坐定，永田先生说："我做学生的时候就时不时地来这个店，当时这位女老板可漂亮了，一晃40多年过去了。"

学生镜头下的课堂

2019年12月19日

这学期的倒数第二周。“隋唐考古”这门课上了20年，接下来也上不了几年了。集学生平时各种偷

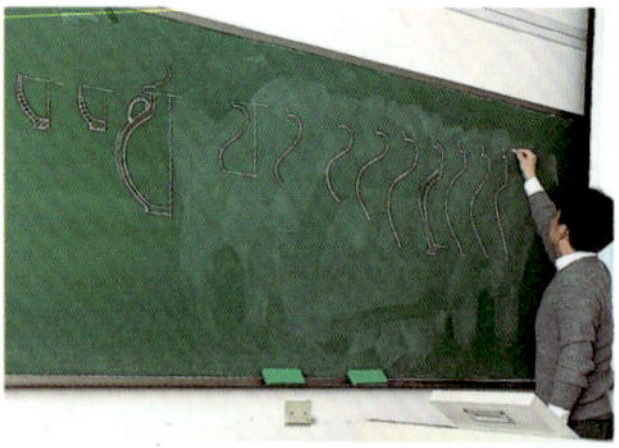

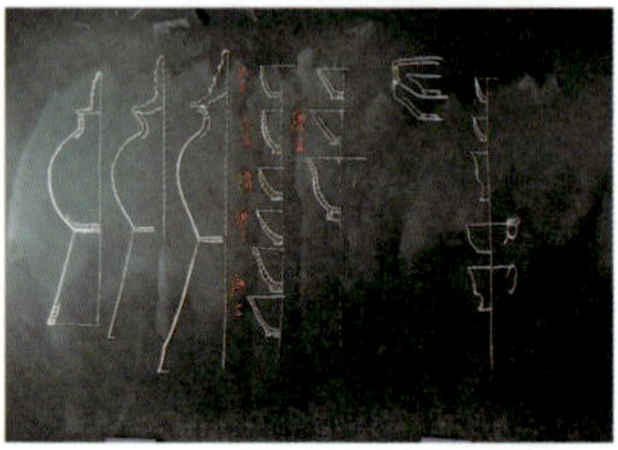

瓷匣钵单件烧造

拍以资纪念。图4中的女生是一位旁听学生，其实就来过这一次，说下周就要去深圳工作了，临走前央求悦的读书会会长带她来听一次张老师的课。

评论精选

香蒿苣2号：不服不行！

九天：老师像是美术教授！

丝路豹斑：非常精彩！在这个播放演示文稿的时代，这样的老师太少见了！

半壶泼茶香：一笔一画，方见功底；由知到识，实乃天师。

左帅：这块黑板要裱起来！

麦舟回复左帅：学生拍下来就等于裱了。

薛医生：器物图画得太牛了，佩服！

麦舟回复薛医生：就是这个职业，雕虫小技。

图1	图2
图3	图4
图5	图6

异史氏：张老师真厉害，画得真好，赞！

麦舟回复异史氏：涂鸦而已！

jiaoyan：图案很相近，感觉像找不同。

麦舟回复jiaoyan：这就是考古类型学，一点一点的变化就是判断时代的依据。

补记

在网络和演示文稿流行的时代，能做出精彩的演示文稿来是一门技术。但是，很多专业知识的传承用演示文稿是很难达到效果的，譬如考古专业。某个时代的某件器物，能用连续不断的一条线勾勒出它的口沿、肩颈、最大腹径、下腹是否内收、平底抑或圈足等特征，那么，这件器物就已经在你心中了。

重访第一次见到拉面的地方

2019年12月21日

北方宾馆的暖气热得令人窒息，彻夜难眠。清晨，出来猛吸两口冷空气才恢复了知觉。途径郑州大学，想起1985年初春考古专业本科生参观实习时，投宿郑大。就在大学路校门附近，江东吴儿第一次看到用手拉出来的面条，说是叫“拉面”，惊喜万分。

图1　图2

评论精选

于老大：南方屋子里没暖气冷得让人窒息。

何老师：想当年我差一点就分配到郑州大学了。

ZHM：作为岭南人，我第一次近距离观看“拉”面，也想鼓掌来着。

紫米山药：我第一次近距离观看“拉”面（而且是毛细），也想鼓掌来着。

左帅：现在郑大金水河里竟然还有水！

樊老哥：到郑大出差吗？郑大是我的母校。现在郑大已经搬新校区了，新校区好大。

麦舟回复樊老哥：到河北邺城去，在郑州打个尖，下午就出发去安阳。

补记

12月下旬的中原之行已连续4年，接在邺城田野实习的研究生回校，一年也就将尽了。这次行程颇紧，20日傍晚到郑，张建华来接，晚上与老同学胡永庆等小聚。今天上午呼吸冷空气复活后，在胡永庆的陪同下参观了河南博物馆临时展厅，掌握了殷商青铜器与西周青铜器断代依据。下午乘高铁往安阳。

初访“殷墟”

2019年12月22日

雾浓霜重，行洹滨，思殷鉴之不远。

评论精选

熠熠：这么冷的天，鹿还出来溜达呢！

麦舟回复熠熠：看到我们来了，列队欢迎。

西茉纳：现在各种遗址公园里都养鹿。

飞狐：这么冷的天还在坚持发掘，赞！

樊老哥：看了照片，我明白了，什么叫师者行为，什么叫师者风范！隆冬岁暮，整个华北大地早已冽风呼号，滴水成冰。兄台年年如此，风尘仆仆赶赴现场，就是把辛辛苦苦在考古发掘工地的学生接回家，这是对学生的尊敬，对学问的执着，着实令人感动！

图 1	图 2
图 3	图 4
图 5	图 6

补记

天寒地冻，第一次来安阳“殷墟”，参观博物馆，墓葬、车马坑保护现场及发掘现场，走访社科院考古所殷墟工作站的库房及文物整理工作室。

“商邑翼翼，四方之极”，歌颂的是武丁时期的殷商都城。“商邑”究竟在哪里？今天再提这个问题似乎显得不可思议，难道不正是眼下的殷墟吗？然而，目前人们普遍把安阳小屯附近称作“殷墟”，不是没有疑问。罗振玉把小屯推定为“殷墟”，虽然有《史记·项羽本纪》中“羽乃与期洹水南殷墟上”的文献依据，但《史记》在其他场合也记载了“殷墟”的位置，只有将两处记载结合起来，才能准确地把握其位置。

四访邺城

2019年12月24日

昨日在东魏北齐都城邺城，今日归南朝都城建康。当年南北交聘，使者往来当需月余，如今高铁仅四五个小时。有了现代化交通工具后，南北再也

图1	图2
图3	图4

不会分裂了！感谢中国社科院考古研究所邺城队的各位老师！有缘的话，明年再见！

评论精选

新罗：图4左一是邺城队的孙天顺老师？

麦舟回复新罗：正是。

良仁：好导师啊，送出去，还要接回来。

麦舟回复良仁：顺便检查一下学生的修习能力，找一些明年上课的新话题。

adada：张兄，好老师啊！

麦舟回复adada：能坚持就坚持。

重喜：喝酒的好地方。

麦舟回复重喜：昔日酒池肉林地，今朝豕价不敢问。

补记

“中世纪都城”，是指都城有明确的中轴线，把原本各自相对独立的宫城集中到中轴线北端的单一宫城之中，为加强都城防御，在宫城侧近设置苑囿，主要衙署位于都城之南的中轴线两侧，居民所居住的里坊按一定的区划安排在宫城之南的郭城之内。中世纪都城的最早实例就是曹魏邺城。经北魏洛阳城、东魏北齐邺城的发展，到唐长安城达到巅峰。偏处于江南的东晋南朝都城建康，即使远离中原，也没有逸脱出历史的发展潮流，成为中世纪都城发展史上的关键一环。受其影响出现的日本藤原京、平城京、平安京以及新罗王京和渤海上京龙泉府，则是中世纪都城对东亚的影响。邺城的考古发掘，其最大意义正在于此。

2020年

读平江，访吴县

2020年1月19日

读研时购买的《宋平江城坊考》，30余年未精读，年前对着南宋《平江图》补课。读半日，走半日，唐宋吴县衙旧地基本廓清。

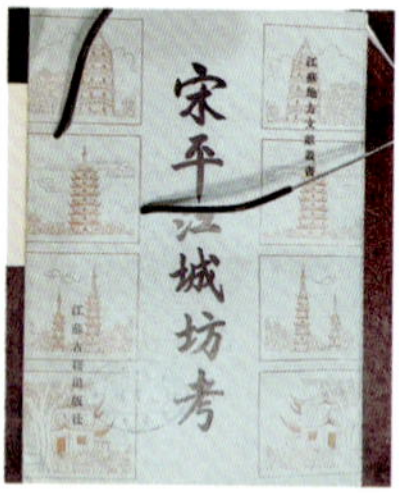

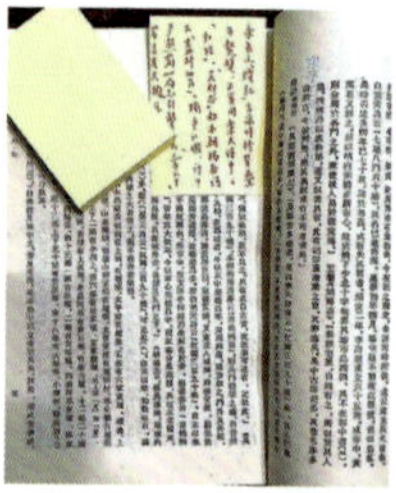

图1	图2	图3
图4	图5	图6

评论精选

鸡冠壶：老师开始新计划？

麦舟回复鸡冠壶：为今年开张的苏州吴文化博物馆·吴中博物馆撰文做准备。

老马：俺正在读《吴郡志》，加范成大文集。

麦舟回复老马：范成大生活在传统中国最美的时代。

老马回复麦舟：也生活在最适合人居地区，最具人性化地区。

何老师：我记得马医科有一个很大的菜市场，出去就是景德路城隍庙。

麦舟回复何老师：菜场还在。唐宋吴县衙的核心地点就在曲园，隔路（今景德路）与雍熙寺（今城隍庙）相望。

补记

唐宋时期苏州有两个附郭县，吴县在西，长洲县在东。唐宋吴县衙的位置，在今庆元坊（东）、金太史巷（南，图4）、班竹巷（西）、景德路（北）四条街道围起来的空间内，核心地点为今鹤园（庞蘅裳故居，

图3）、曲园（俞樾故居，图5），东南角在庆元坊、嘉余坊交会处（图6），北部隔景德路与雍熙寺（今城隍庙）相望。

明初，吴县衙移至今古吴路中段。古吴路旧称“吴县前”，与南北向的两条支巷“东吏库”“西吏库”框定了明清吴县衙的范围，古吴路南侧的“吴县直街”，则北对吴县衙南门。明清吴县衙在太平天国时遭兵燹，后移至养育巷、道前街路口东北苏州府衙旧址，今为苏州市会议中心。古吴路旧衙今则为第十六中学操场。以上这些地方，都是我少时日常生活的场所，至今才弄清它们的历史沿革。

馄饨与春卷

2020年1月23日

腊月廿九日。老父忽忆故里旧俗，称大年三十想吃馄饨，取义“稳稳当当”。于是，拣择荠菜、剁肉、调馅，包馄饨一筛。又取荠菜、冬笋、肉丝为馅，得春卷一筛，以备春正早餐。又备黑鱼片、红烧鳗、炒青菜为当日晚餐。

图1		图2	
图3	图4	图5	图6

评论精选

松斋：看到您这条朋友圈，觉得有年的味道了！

永安加福：全是元宝饺，张老师水平高，赞！

麦舟回复永安加福：这是大馄饨，不是饺子。

永安加福回复麦舟：肉多的馄饨，我们当饺子吃。

进宝：厉害！本来就让我很佩服，现在更是崇拜到极点了！

麦舟回复进宝：进宝家吃肉，我家吃菜。

何老师：姑苏男儿就是心灵手巧！

邙洛山：有机会去张老师家蹭饭，不白吃，带酒带书！

羊小卷：这么多啊，有《饮食男女》开头的意思。

补记

馄饨皮、春卷皮现在都不用自己做了，买现成的。做春卷馅有一个关键：用细切的肉丝，不用生肉糜。细切的肉丝与冬笋丝炒熟，加入烫好切细的荠菜即可。包时避免紧实，保留馅料的空隙，下油锅炸到金黄色。如用生肉糜做馅且包裹紧实，油炸时则可能外皮已焦煳，肉馅尚未熟，口感极差。

花自开兮木自荣

2020年3月18日

上次离开学校，是寒假前的1月14日，隆冬时节。疫情期间，无事不得入校。今天不得不去研究室取资料，经申请，允许入校。事隔两月，已是春风和煦，阳光灿烂。不曾料，庚子岁，满园春色开无主，花重人稀别样春。

图1 图2

图3 图4 图5 图6

评论精选

芳芳：相机太好了！

飞狐：我还不知道什么时候能去学校。

东东：久违的美丽校园！

麦舟回复东东：申请获批后才能进校。来研究室取些资料，否则工作无法继续。

进宝：专列！地位的象征，与钱多少无关。

David：今天的北京，出现多年不见的沙尘，吸一口气都是灰，真不是宜居之地。

王小烦：青溪尽是辛夷花。

本草：花自开兮木自荣。

择豆芽，思海东故人

2020年3月26日

上巳日，花冷时，春雨稠。对萌芽，消长闲，权作修禊。忆多年前，海东全州夜，微醺。常薰将扶，遍寻豆芽汤，不见。任沉醉，卧韩屋，梦回大唐。

图1	图2
图3	图4

评论精选

老马：不修禊事。

麦舟回复老马：不便聚集。

adada：千里梦回故乡月！

Sandy：煮一壶生死悲欢，祭前尘过往。年华落，回首不觉已经年。看客散尽，唯思故人。天子笑，姑苏藏，云梦水天，醉一场。

戴老师：韩国这边说是豆芽汤解酒。

巴比伦回复戴老师：是的，豆芽汤有一种说不上来的味道，说是能解酒！

麦舟回复巴比伦：在韩国喝过，感觉不到这功效。

巴比伦回复麦舟：韩国人喝起来似乎很享受，感觉好像不错！

孟大哥：一个有情怀的人。

补记

农历三月初三，上巳节，王羲之《兰亭集序》就是在这一天写就的。春雨绵绵，买一斤黄豆芽，慢慢拣择，权当修禊事。想到当年在南京留学的韩国学生林常薰，拿的六朝史的硕士学位，明清史的博士学位，娶了华妇，回韩国后在全北大学、圆山大学任教，现为顺天大学教授。2013年底赴罗州参加学术会议，顺访全州，问其平安。夜半，酒后满街找豆芽汤的情景历历在目。全州与乡里苏州是友好城市，全州街头有苏州“香山帮”建造的中国式牌楼（图4），苏州街头也有多家“全州拌饭”，临顿路落瓜桥西头的那家我还进去过。

聊赠一盘春

2020年4月2日

芦蒿春韭，足以延命。果隋蠃蛤，呰窳偷生。旁及他物，马鲛味噌。江南无所有，聊赠一盘春。

图1	图2	图3
图4	图5	图6

评论精选

飞狐：不愿鞠躬车马前，但愿老死花酒间。

adada：会做菜的男人都是好男人。不单表扬你哟，还有自我表扬，还有小左等。

麦舟回复adada：王老师谬奖了。

adada回复麦舟：小左的菜做得是真精细，我都羡慕。

曲水斋主：能不能弄点儿我们看得懂的字和菜？

麦舟回复曲水斋主：卞公，你看不懂吗？

晓涛：应有莼羹。

麦舟回复晓涛：嗯，这季节新鲜莼菜上市了。

水手：马鲛味噌，还没尝试过，等回到家试试。

司马光：明天买河蚌去。

沈馆长：这些图要在11点、17点发布就更完美了。

jiaoyan：江淮以南，无积聚而多贫，你却是千金之家。最喜欢咸肉春笋炖河蚌，佐以橘柚萌花处处香。

xiahan：色香味俱全，还有美文！

补记

图1，春韭与芦蒿。芦蒿，桔梗目菊科植物，多长在河湖岸边，正是坡翁诗句“蒌蒿满地芦芽短”中的蒌蒿。图2、图3，咸肉春笋河蚌煲食材及成品。图4—图6，味噌酱煮马鲛鱼的烹制程序。

原文中有太多难解的字词，均出自《史记·货殖列传》。“隋”读成“堕”，果隋，就是挂在树木上的果实。蠃，是螺蛳的螺的异体字，蛤，指贝壳类水生动物，蠃蛤就是螺蛳、河蚌。呰窳，指身体多病柔弱，偷生，即苟且延命。这是司马迁笔下江南人的生活情景，当然更著名的是“江南卑湿，丈夫早夭”“饭稻羹鱼，火耕水耨”“既无冻饿之人，亦无千金之家”。

菜花螺蛳

2020年4月6日

少时在姑苏，剪好屁股去了沙泥的螺蛳一毛钱一斤。清明前后是吃炒螺蛳的时节，螺壳内幼螺尚未成形，寄生虫也不算太多，肉质肥美，被人们称作“菜花螺蛳”。夕阳西下，炊烟升起，户户灶下传出的都是烹炒螺蛳的响声。一斤螺蛳，加上个炒菜薹，配上一碗白米饭或两碗白粥，就是一家四五口的晚餐，连一片生姜一根葱段都不会放过。江南

图1 | 图2

人吃螺蛳从来不用牙签，全凭一双筷子和嘴上功夫。“90后”的孩子不习惯这样的味道，凡是鱼腥虾蟹这些带刺带壳的都嫌麻烦，亦难知何为节令，何为美味。时下菜薹已过时令，江渚蒌蒿、园圃新芫正是季节。留一碗米饭，明早烧成泡饭，浇上今晚的螺蛳剩汁，又将是一道儿时的回味。

评论精选

敏仙：您这是《舌尖上的中国》的配音啊！脑海里有同步的声音。

麦舟回复敏仙：文字的力量就是这么强大。

敏仙回复麦舟：这是您的功力，咽着口水看完的！

大芗：螺蛳这个东西，我始终烧不入味，不知张老师有没有什么独门秘方？

麦舟回复大芗：不能入味，全凭汤汁浸泡。炒螺蛳只能盖一次锅，否则肉老难吸。大排档的螺蛳不是炒螺蛳，只是辣椒盐水煮螺蛳。

东东：着实是美味，抓过螺蛳的手指得用舌头舔舔干净。

立宝：小时候在老家会去河里捞螺蛳，先用清水养三天吐吐泥沙，每天换水，再用盐水泡两天，然后煮，真香！看到这盘螺蛳，不禁流下了口水。

Sandy：强烈建议张教授出本江南美食谱！还真没吃过，但，这色香笔墨，钩出了一条大馋虫。

丁非新：转给我们选修物质文化史课的同学们，一起体会怎样从物质研究中体味出文化内涵来。

何老师：清明螺，抵只鹅（请用苏州话脑补）！

樊老哥：将一道菜的由来及去处娓娓道来，说得津津有味，既有对儿时生活的幸福回味，又有对时下潮趋的精妙点评，妙笔生花！

补记

没想到，一盘炒螺蛳，引来了159个点赞，147条评论。大家都在干啥呢！

再走破冈渎

2020年4月10日

再走破冈渎，顺访故里。“禁足”两个多月之后出来闯荡。

图1	图2
图3	图4

评论精选

谷涛：好多我们学院的老师！

源于天上一条河：大佬联袂浪迹！

仁心：哥你今天回麦溪了？早知道我就去看你了。

麦舟回复仁心：考察途中顺便进了村，看看婶婶。

bicycle：一群蒙面客到了旷野。

补记

这是第二次考察破冈渎，上次是2018年3月底，与中村圭尔、小尾孝夫、永田拓治及诸生同往。现在虽是疫情期间，但为完成“大运河文化价值阐释规划”的编制工作，出来闯荡。图1，江宁湖熟镇北破冈渎故道，今称“句容河”。图2，句容春城镇（今改名“茅山镇”）破冈渎遗址保护碑前的合影。图3，丹阳延陵九里村季子庙前的破冈渎故道。图4，破冈渎东延线简渎西岸麦溪村旧敦叙堂院中。

破冈渎沟通六朝都城建康与太湖平原，是迄今所知最早的阶梯式人工运河。考察感悟：沟通政治中心和经济中心，确保政治中心的正常运作，是中国大运河文化的重要体现。

瓜洲到楚州

2020年4月11日

日暮辞京口，亥时入瓜洲。广陵诸子在，斟酌有朋俦。冒雨访胜景，隔雾看迷楼。循迹古邗沟，秦邮到楚州。

图1

图 2	图 3
图 4	图 5

评论精选

古古风：看那图4僧人的表情！

TONG. Ling：文本细读太厉害了！

古古风回复TONG. Ling：张师应该是问了此僧些许问题，僧不知答，或未知对否。少顷，张师自答，僧等震惊，故有此表情。三教会棋，唯不见文院大师！这张图可以作为教学用图，释读顺序：左僧1，张师2，右女士3，右僧4。递度表情，可见一问在庭院回荡。

古古风：图4收藏了。右侧僧人，两手法式，宛若石窟壁画中来。太经典了，想知道摄影者谁！

麦舟回复古古风：文学院徐兴无。

古古风回复麦舟：果然高手！

补记

图1，瓜洲船闸，侧近的公园里演绎着“杜十娘怒沉百宝箱”的故事。图2，众人冒雨访古运河重要节点茱萸湾。图3，真正的琼花。不是木绣球，也不是草本的紫阳花。图4，高邮镇国寺塔前论道，一庭回荡。图5，高邮城西北的邗沟古道，介于高邮湖与

京杭大运河新航道之间，遗址通过植草的形式展现，值得赞许。晚，宿楚州（淮安）。

漕运枢纽

2020年4月12日

三天的运河考察结束，打道回府。

图 1	图 2
图 3	图 4

评论精选

江南：淮安水上立交、洪泽湖大堤都是我想去的地方！苏中一线去得少，回头要补上。

默鸁：逛美了，赞！

麦舟回复默鸁：连讲了两天半的话，今天中午开始突然失声了。

风の子：还是江淮运河有样子，我们这儿的也就只能搞搞文化（旅游）带了。

齐欢：坐吃东西啊！

麦舟回复齐欢：这两天吃淮扬二府菜，三天长了四斤肉。

补记

图1，京杭大运河与淮河入海通道（苏北灌溉总渠）的立体交汇。图2，洪泽湖大堤及水工遗址。图3、图4，繁忙的淮安船闸。归途，参访蒋坝三河闸及水利碑刻陈列馆，在蒋坝河鲜晚餐后归。下午访洪泽湖大堤时，突然狂风大作，暴雨倾盆，前后持续约半小时，此后开始失声，持续一周多才恢复。

《唐研究》第25卷

2020年7月5日

考古专业本科毕业前，为避免考研撞车，我报考了中国古代史专业的唐史方向。被录取后，导师孟昭庚先生笑眯眯地说："你考古的啊，学唐史啊，那要从东汉开始学起咯。"（此处请自行脑补河南许昌话）入学后，谨遵师命，认真读史。虽灯火鸡鸣，

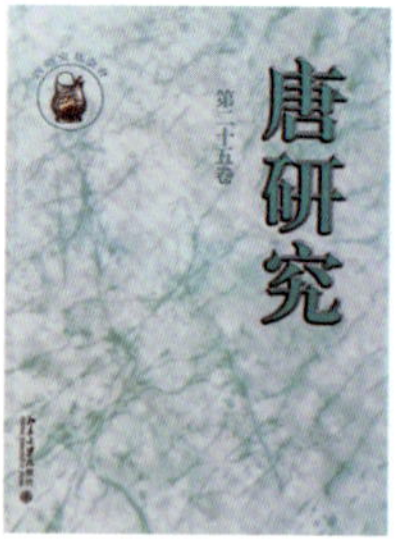

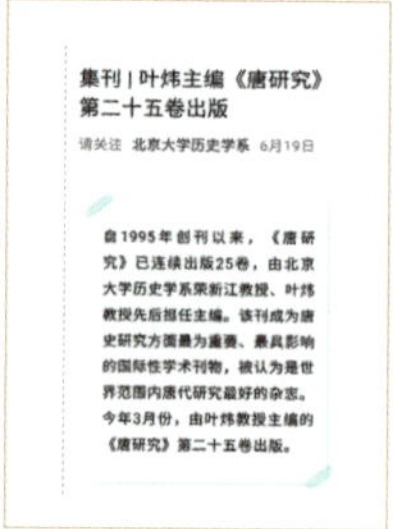
集刊 | 叶炜主编《唐研究》第二十五卷出版

请关注 北京大学历史学系 6月19日

自1995年创刊以来，《唐研究》已连续出版25卷，由北京大学历史学系荣新江教授、叶炜教授先后担任主编。该刊成为唐史研究方面最为重要、最具影响的国际性学术刊物，被认为是世界范围内唐代研究最好的杂志。今年3月份，由叶炜教授主编的《唐研究》第二十五卷出版。

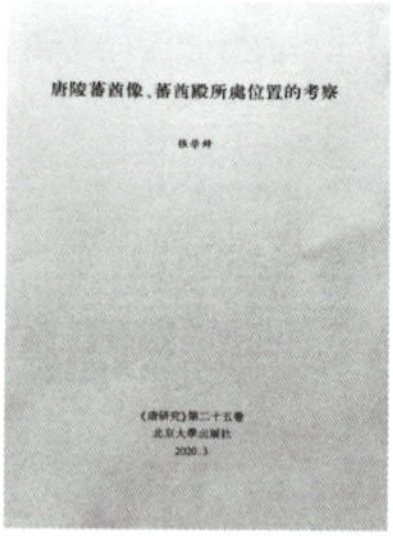
唐陵蕃酋像、蕃酋殿所處位置的考察

《唐研究》第二十五卷

北京大學出版社

2020.3

图1 图2 图3

图4

日月无息，但研究生毕业前只勉强读到了南朝。毕业后，总觉得自己是个“假”唐史研究生。如今临退休了，才终于在《唐研究》上发了一篇小文。与同期刊登的长篇巨制相比，拙稿只是篇不足万言的短文，但足以令人欣慰，自觉从此名副其实。感谢主编叶炜老师的辛勤操持！

评论精选

TONG. Ling：又和您同一期，与有荣焉。感谢叶老师，匿名评审真的不含糊，写得非常仔细，和“史语所集刊”差不多！

正军：好歹“入唐”了，祝贺！以前有老师讲明清史，学期都结束了，清军还没“入关”。

TONG. Ling回复正军：十多年前我被学生吐槽，魏晋南北朝文学史，一学期只讲到西晋。我一“怒”之下，新开了《文选》讲读，专门讲南朝。

鸡冠壶回复TONG. Ling：实力炫富。

江南：我“入唐”的小文今年也应该要出来了，与张师此文估计有千丝万缕的联系。

梅田：已拜读。新刊不久前就收到了，准备大肆引用！

太史政：我也争取退休前在《唐研究》上发一篇。

麦舟回复太史政：贵君名门正派，何须等到退休前！

补记

1988年6月我研究生毕业后留校任教。最初任历史系古籍整理研究室助教。1990年，古籍整理研究被认定“无用”而撤销，于是转岗到了中国古代史教研室。1993年春天辞职往京都大学留学。2001年春天回校，因考古“缺人”，被安排到了考古专业。专业现在虽升格为南京大学历史学院考古文物系，私见依旧步履艰辛。

已无老泪供纵横

2020年7月22日

当年两位才情师妹，奈何今皆离去，痛哉！

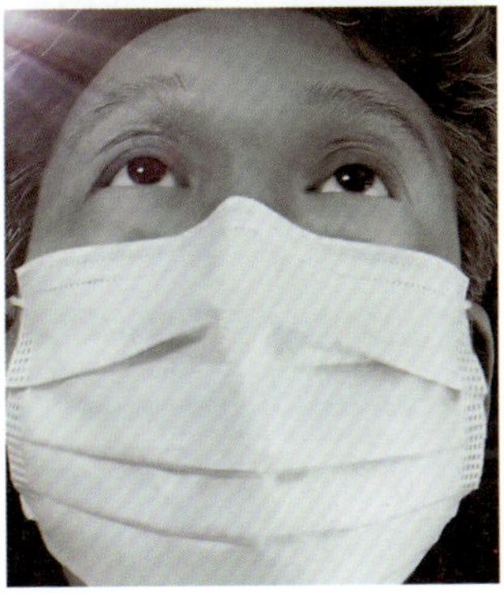

图1	图2
图3	图4

评论精选

仿秋斋：一下子就想到傅江了！

石洋：真没想到，去年联系时还以为陈老师基本康复了呢！

儿童散学早：好难过，好难过！

柯南：虽然已有心理准备，但真正到来的时候还是难以接受！

园：愿两位老师在天堂再无病痛！

傅虎子：陈老师也走了？她们姐妹在天堂团聚了！

子龙：当年暑期社会实践实我和陈蕴茜在方山组，组长是高华，可惜他们都不在了。

补记

2020年7月22日未明，学妹、同事陈蕴茜教授病故，享年55岁。陈蕴茜与亡室夫人傅江是大学本科同班同学，硕士研究生阶段同届、舍友，后又同年留校任教。图1是她们1987年暑期参加社会实践活动时在江宁方山的留影，一晃30多年过去了。

9年间，南京大学历史学院4位正值盛年的教授高华、任东来、计秋枫、陈蕴茜相继离世，都只有

50来岁。

在陈蕴茜的告别仪式上，看到被放大的遗像，突然想起了她学生时代闺蜜间送她的外号“小猫”。娇小的身材，白皙的脸庞，鼻梁上架了副无色镜框的大眼镜，就像双面绣上的那只可爱的小猫。

“小猫”，一路走好！

晨起散策有感

2020年7月26日

今天下午苏州博物馆安排了讲座，拂晓即起，在附近散步。小区虽旧，五脏俱全。既有朱新年、杜三

珍这样的姑苏本地老铺，也有巴蜀人王氏的烧饼店、郑阿姨的蔬菜摊，更有各省籍的无数住户与经营者。本地人开的店，物价都比金陵便宜，外地人开的店，物价都比金陵贵。但相安无事，各自为生。

由此联想到更大的场景：都说“南船北马”，这里的“南”，不只是中国的南方，其实可以延伸到东南亚海域；“北”，也不止于中国的北方，还可以延伸到内陆草原甚至东欧。如此看来，中国不就是东南亚海域世界与内陆亚细亚草原相会的舞台吗？而这两个人类文明相互碰撞、相互交融，最靓丽的前线，不正是长三角吗？文明的生态史是否可以这样理解？这个想法正可作为今天下午苏州博物馆《从吴越文化到江南文化——苏州早期文化的发展轨迹》讲座的结语。

图 1	图 2
图 3	图 4

评论精选

翠芳：叔叔有没有考虑过尝试在喜马拉雅开“在线听课”节目？

宝华樵夫：日常生活与世界文明史视野无缝对接。

大芗：长三角心里美滋滋的！

章灿：讲座结语先听为快！

丹丹：去大众点评搜了一下，看来苏州的点心和北京的点心的意思不一样啊。北京的点心是指稻香村那样的糕点，朱新年里卖的都是馄饨、汤圆和熟食？

麦舟回复丹丹：在苏南一带，正餐以外的吃食都叫“点心”，小吃的意思。在传统一日两餐制的时代，午饭也称“点心”，两顿之间加一点垫垫饥的意思。

清河旧望：草鸡蛋前加个“虫”，每斤就得贵两块钱。

考古学不在家回复清河旧望：能吃上肉的鸡应该比只吃草的鸡下的蛋好点吧？

古古风：这梨好，真正的江苏老家梨。南京好多地方都买不到这种。

一条没有发送的朋友圈
——代结语

2020年7月31日，非常普通的一天，只是这个月的最后一天罢了，也是《麦舟的朋友圈》搁笔的时间。

官宣出梅已有十来天了，但我觉得从今天开始才真正出梅。大家都在忙着晒蓝天，上图“盗”自captian moon腾哥儿的朋友圈，他的摄影技术真的是一流。

学术新锐们分享着各种学术信息、前沿话题，指点江山，激扬文字。

基层公务员们诠释着基层工作的意义和幸福感。

江苏高考新方案定了，总分750分，科目“3+1+2”。

湖南耒阳留守女孩受樊锦诗的影响报考北京大学考古专业，今天被考古圈宠成掌上明珠，八省考古界联手送出大礼包。

昨天，台湾地区前领导人李登辉病故，终年98岁。

读书会张会长一如既往地分享读书心得，宣传各地的行走活动。

临退的老同学挺着肚腩，晒着墨宝，闲敲棋枰。

焦急的餐饮店老板们，不遗余力地晒着自家的菜品，期待客人上门。

发哥一如既往地晒着儿子的成长与自己的大肉+肥肠老卤面。

在东京留学的学生因坐上了朋友的卡车副驾，兴奋得想做卡车司机和搬家工人。

当然，也有些身在草野未忘家国者在转发着两部委下达的《关于保障农村村民住宅建设合理用地的通知》。

……

平常的一天，朋友圈依然热闹，但较之以前，冷清了许多。

编后记

在南京大学，张学锋老师是最受学生喜爱的老师之一，是“我最喜爱的老师”和“我最喜爱的生涯导师”荣誉获得者。我在南大求学期间，深深感受到张老师的人格魅力。他是一位绅士，穿着永远得体，一身儒雅风姿。张老师在考古课上讲历史，历史课上讲考古；古典课上讲现代，中国课上讲世界。他也会跟学生讲美食，讲茶酒，谈人生，谈理想。我曾经有幸跟着张老师逐字逐句地读过《大唐元陵仪注》和《世说新语》，有师弟曾说：“上一门张老师的历史文选课，可以同时学到历史学、考古学、训诂学、音韵学、地理学甚至化学。”院外、校外，有好多慕名前来听课的人。张老师的魅力，一直延续到他的朋友圈里。

张老师的朋友圈非常特别。他极少转发，坚持认真原创，但又从不刻意创作，多是寓目瞬间的感悟，且文笔优美生动，典故信手拈来，显示了深厚的文史底蕴。我想，这不正是一手的史料和出版资源吗？

张老师的朋友圈里既有讲坛执鞭、学术交友，又有城乡风物、田野行走，更有饭稻羹鱼、人间烟火。每每看到张老师发朋友圈，我都会截图保存，以便随时拿出来观瞻，以期提高自己的学养和审美。朋友圈具有一定的私密性，如果不是互为好友，是无法看到别人的朋友圈的。我想，一定有很多人也想看看张老师的朋友圈吧？看看这位家住吴门、久作金陵客的大学考古老师的耕读日常。

本着传播学术、分享美好的初衷，张老师同意把朋友圈的部分内容出版。这也是在“微时代”的大背景下，出版社将网络快消文字与图书慢读习惯相结合的一次全新尝试。这应该是第一部将朋友圈内容出版的生活随笔，也是一位具有深厚文史底蕴及现实人文关怀的人文学者生活的记录。

在图书编辑过程中，我们加入了一些创意和设计。如图书封面选用天青色底色，视线中出现一叶扁舟，麦舟泛溪，水天一色，遥相呼应。张老师考古绘图功力深厚，因此我们请他手绘了一幅简图，以张老师生活的六朝古都南京为背景，以六朝古迹秦淮、运渎、青溪为主干，将他这几年来印象最深刻的一些时间节点定格在这几条历史长河之中。时空交错，引人遐想。

这本书其实也是集体智慧的结晶。据说最早动议张老师出版朋友圈的是中山大学历史系范兆飞老师。《麦舟的朋友圈》这个书名的原案来自我的师兄、安徽师范大学历史学院刘萃峰老师。封面宣传语“家住吴门，久作金陵客”，化用了《总有一段时光，虚度在江南》的作者耿朔在张老师朋友圈里的评论。张老师门下高徒众多，封面设计由钮茜师妹完成，艺术设计只是师妹的业余爱好，她其实是上海博物馆一位以梦为马的“文博”人。书名由张老师的学生张今题写，在保证易识的前提下，采用了汉碑和简牍文字的笔意，以此向张老师留学期间的导师之一永田英正先生致敬。本书封底及部分钤印本签名页所钤“云阳麦舟子”印亦由张今镌刻。如果说到集体智慧，那么，给予张老师朋友圈各种评论的数以百计的亲友，无疑也是本书的作者。与这本小书的创意、设计、编辑出版有关的人员，都曾受教于张老师，我们这群学历史的，学考古的，将所学知识学以致用，也恰好说明人文科学，不仅有仰望星空，也有脚踏实地。

不知道我们的这次尝试能否获得大家的认可，但我们一定竭尽全力为大家奉上一本有温度、有气质的好书。如今，朋友圈的人际交往似乎比往常冷清了不少，所以，我们更希望借这本小书，帮大家重拾对朋友圈的归属感，记录当下，认真爱生活，勇敢爱自己，找回你的“朋友圈自由”。

崔敏

辛丑岁初